AF199509

Autor

Heiko Mittelstaedt, geboren 1971 in der Lüneburger Heide, lebt heute mit seiner Familie in der Nähe von Heidelberg. Er ist Sicherheitsingenieur und Schriftsteller. *Der Handkoffer von der Waterloo Station* ist sein zweiter Roman

Bereits erschienen:

Der Mörder ist immer ein Narr – Erster Fall des echten Kommissar Maigret

HEIKO MITTELSTAEDT

Der Handkoffer von der Waterloo Station
Der „große Fall" von
Percy Savage, Scotland Yard

Bibliografische Information der Deutschen Nationalbibliothek
Die Deutsche Nationalbibliothek verzeichnet diese
Publikation in der Deutschen Nationalbibliografie;
detaillierte bibliografische Daten sind im Internet
über http://dnb.d-nb.de abrufbar.

© 2016 Heiko Mittelstaedt
1. Auflage 2016
Satz und Layout: Heiko Mittelstaedt
Covergestaltung: Heiko Mittelstaedt; Bilder
Umschlag: Clock at Waterloo Station, Media-ID:
A:58766999; Autor: H. Mittelstaedt privat
www.moerderisch2015.jimdo.com
Herstellung und Verlag: BoD - Books on Demand,
Norderstedt
ISBN-9783741253829

Heiko Mittelstaedt

Der Handkoffer von der Waterloo Station

Der „große Fall" von
Percy Savage, Scotland Yard

True-Crime-Roman

Books on Demand GmbH, Norderstedt

It is a natural thing for the humanitarian to say, of any man convicted of the awful crime of wilful murder, that he could not have been sane when he performed the dreadful act...

Für einen Menschenfreund ist es eine natürliche Sache zu äußern, dass jeder Mann, der eines vorsätzlichen Mordes für schuldig befunden wurde, nicht gesund gewesen sein kann, als er die Tat beging...

(Edgar Wallace zum Mahon-Prozess)

Be fair but fearless.
Sei gerecht, aber furchtlos.
(Percy Savage)

Dieser True-Crime-Roman basiert auf einer wahren Begebenheit; dem „Crumbles Mord" im Jahr 1924. Alle im Buch handelnden Personen hat es tatsächlich gegeben und dennoch... Dies ist kein Sachbuch, sondern ein Roman. Der Autor hat einige Szenen in diesem Buch seiner Fantasie entspringen lassen beziehungsweise hat er reale Szenen hier und da behutsam mit etwas Farbe versehen.

Erstes Kapitel

Donnerstag, 01. Mai 1924; 09:00 Uhr
New Scotland Yard; London

Chef-Inspektor Percy Savage stand am offenen Fenster. Er blickte schlecht gelaunt durch den strömenden Regen über den ausgestorben vor ihm liegenden Victoria Embankment hinweg auf das aufgewühlte braune Wasser der Themse, die vollkommen geräuschlos am viktorianischen Curtis Green Building, dem Sitz von New Scotland Yard, vorbeifloss.

Savage atmete die feuchte Luft tief ein und ließ den würzigen Duft des Flusses in seine Lungen strömen. Er hatte seit dem Aufstehen schlechte Laune und hoffte, seine Wutgefühle mit ein paar Atemübungen in den Griff zu bekommen. Die Übungen halfen ihm jedoch nicht. Seine miese Stimmung steigerte sich sogar noch mehr, als die Bürotür mit einem gewaltigen Krachen aufflog.

Der Chef-Inspektor fuhr erschreckt herum und sah sich unvermittelt einer dunkelhaarigen, hysterisch lamentierenden, jungen Frau gegenüber. Ihr folgte mit etwas Abstand ein kräftiger Mann vom Typ Hafenarbeiter.

Der Mann in seinem Büro war jedoch kein Hafenarbeiter, wie Savage sofort erkannte. Es handelte sich vielmehr um John Beard, einen erfolgreichen Privatdetektiv und ehemaligen Kollegen des Chef-Inspektors.

„Meine Dame! Beard! Was ist hier los?", stieß Savage wutschnaubend aus und hielt sich die zeternde Frau mit ausgestreckten Händen vom Leib.

„Dieser elende Schuft!", schrie die Frau aufgebracht, bevor sie sich plötzlich abrupt umdrehte und ein paar Schritte nach hinten machte. Schwer atmend ließ sie sich in einen der Besucherstühle fallen.

Savage folgte ihr. Er setzte sich auf seinen Stuhl und zeigte mit der rechten Hand auf einen weiteren Besucherstuhl vor seinem Tisch. Der Privatdetektiv lächelte Savage entschuldigend zu und setzte sich.

„Immer schön der Reihe nach. Wer ist ein elender Schuft, Ma'am?", fragte Savage betont ruhig.

„Pat!", stieß die Frau empört aus.

„Welcher Pat?"

„Patrick Herbert Mahon! Mein Mann!"

„Soso, Ihr Mann… Und wer sind Sie, wenn ich fragen darf?"

„Seine Ehefrau natürlich!"

„Das gaben Sie mir bereits durch die Blume zu verstehen, Ma'am. Wie lautet jedoch ihr werter Name?"

„Ich heiße Jessie Mahon. Ich wohne in der Pagoda Avenue in Richmond… Das hier ist Mister John Beard. Er ist Privatdetektiv und war ein Kollege von Ihnen."

„Ich kenne Mister Beard sehr gut, Ma'am.", antwortete Savage lächelnd.

Die Frau nickte.

„Oh, ja, natürlich… Ähm, ich habe Mister Beard engagiert, Sir."

„Engagiert? Wofür, Misses Mahon?"

„Nun, ich…"

„Was kann die Metropolitan Police für Sie tun, was Mister Beard nicht für Sie leisten könnte?", fragte Savage leicht angesäuert. Er hatte eine gewisse Abneigung gegen den Berufsstand der Privatermittler und gegen abtrünnige Kollegen, obwohl es einstmals gerade die Privaten waren, die der Einführung eines staatlichen Polizeiapparats gewaltig auf die Sprünge geholfen hatten.

„Wieso die Metropolitan Police?", fragte Misses Mahon unsicher. „Sind wir hier nicht bei Scotland Yard?"

„Doch, wir werden gemeinhin als Scotland Yard bezeichnet, Ma'am. Offiziell handelt es sich bei uns jedoch um den MPS, den Metropolitain Police Service."

„Aha."

„Sie sind ganz sicher bei Scotland Yard, Ma'am. Mister Beard wird Ihnen das bestätigen können.", sagte Savage beruhigend und riskierte dabei gleichzeitig einen kurzen Seitenblick in Richtung seines ehemaligen Kollegen. John Beard bemerkte dies und nickte bestätigend.

„Gut, in Ordnung.", sagte Misses Mahon erleichtert. „Wo soll ich beginnen, Sir?"

„Am Anfang, Ma'am.", gab Savage sanft lächelnd zurück. „Immer am Anfang."

„Ich habe bislang viel ertragen, Sir... Ich muss am Samstag ins Krankenhaus... nur ein Routineeingriff, aber... Ich habe mich nie beschwert... Pat und ich haben vor 14 Jahren geheiratet. Bereits im ersten Jahr hat er mich auf der Isle of Man mit einer Anderen betrogen. Was sagen Sie dazu, Sir?"

Ein untreuer Ehemann und eine gekränkte Ehefrau! Savage schürzte die Lippen. Einen solchen Fall konnte er beim besten Willen nicht gebrauchen. Dieser Tag war definitiv ein Reinfall.

„Soso, die Isle of Man... Nun ja, das spricht eindeutig gegen Ihren Mann, Misses Mahon."

Die Frau durchschaute die Ironie des Chef-Inspektors sofort und warf ihm einen bösen Blick zu. Dennoch fuhr sie unbeirrt mit ihrer Erzählung fort.

„Ich habe ihm damals verziehen und er hat mir hoch und heilig geschworen, nie wieder eine andere Frau in sein Leben zu lassen."

Savage hob fragend die Augenbrauen.

„Und Sie haben ihm geglaubt, Misses Mahon?"

„Ja, natürlich habe ich ihm geglaubt, Sir! Wo denken Sie hin?", antwortete die Frau

Das war eine gute Frage und Savage wusste ganz und gar nicht, wo er im Augenblick hindachte. Er wusste daher keine Antwort auf die Frage der Frau. Ihm wurde jedoch schlagartig bewusst, dass es Misses Mahon mit ihrem Besuch bei ihm aber scheinbar sehr ernst war. Savage schämte sich für sein unmögliches Betragen.

„Entschuldigen Sie bitte meine Unhöflichkeit, Misses Mahon. Es ist früh am Morgen und ich habe seit Tagen schlechte Laune. Das macht es aber keinesfalls besser."

Misses Mahon winkte ab und lächelte den Chef-Inspektor an. Sie wirkte mit einem Schlag wie ausgewechselt.

„Schon gut, Sir. Mir schlägt das schlechte Wetter auch auf mein Gemüt."

„Warum glauben Sie Ihrem Mann jetzt nicht mehr, Ma'am?", fuhr Savage erleichtert fort.

„Ich weiß nicht, was ich glauben soll, Sir. Pat ist attraktiv. Er ist schlank, sportlich und hat lockiges Haar. Was weiß denn ich, wer seinem Charme diesmal nicht widerstehen konnte?"

„Wie kommen Sie darauf, Misses Mahon?"

„Nun, ich wollte gestern Morgen seine Wäsche waschen und habe seine Jackentaschen ausgeräumt. Ich habe in einer Jacke einen Gepäckschein der Waterloo Station gefunden… Mein Mann ist gerade auf Geschäftsreise, müssen Sie wissen. Er ist bereits seit Wochen unterwegs. Er schickt uns…"

„Wer ist uns, Misses Mahon?", unterbrach Savage den Redeschwall der Frau."

„Wir haben eine Tochter, Sir… Also, er schickt uns Telegramme aus Eastbourne, Hastings und Bexhill. Mal bleibt er für ein oder zwei Tage zu

Hause. Dann fährt er wieder für ein paar Tage fort."

„Was macht ihr Mann beruflich?"

„Er ist Verkaufsleiter bei Consols Automatic Aerators Ltd. Die Firma ist in der Hanworth Road in Sunbury."

„Ist er immer derart häufig unterwegs?"

„Ja, aber nicht so wie in den letzten Wochen… Wir haben doch ein kleines Kind… Er war sogar über Ostern fort, Sir!"

„Denken Sie, dass er eine Geliebte hat, Misses Mahon?"

„Ich habe nicht so sehr Bedenken, dass er eine andere Frau haben könnte. Ich bin eigentlich nicht eifersüchtig."

„Eigentlich sind Sie nicht eifersüchtig. Aber?"

„Nein, Sir. Ich kenne das von ihm… Ich bin auch nicht neugierig."

„Sie sind auch nicht neugierig?"

„Nein, Sir, ich habe vielmehr Angst, dass mein Mann in krumme Geschäfte verwickelt ist. Vielleicht in Buchmachergeschäfte. Er wettet gerne und… vielleicht hat ihn die Vergangenheit eingeholt. Mein Mann war…"

Die Frau verstummte schlagartig und Savage horchte interessiert auf.

„Ihr Mann war was, Misses Mahon?"

„Nun, mein Mann war schon einmal im Gefängnis. Aber er hat sich verändert, seit er den Job als Verkaufsleiter hat."

„Seit wann arbeitet er als Verkaufsleiter?"

„Er arbeitet seit 1921 bei Consols Automatic Aerators Ltd."

„Seit drei Jahren also... Wie kommen Sie darauf, dass Ihr Mann in Schwierigkeiten stecken könnte?"

Misses Mahon schluckte schwer. Sie schaute den ehemaligen Polizisten neben sich verlegen an und senkte den Blick.

„Also, ich kenne Mister Beard von Früher, Sir. Sie wissen schon... Als mein Mann ins Gefängnis musste... Ich bin gestern Nachmittag zu Mister Beard gegangen und habe ihm den Abholschein gezeigt. Ich habe ihn gebeten, mit mir zur Waterloo Station zu gehen und..."

Misses Mahon brach erneut unvermittelt ab und kramte ein Taschentuch aus ihrer Handtasche hervor, mit dem sie sich ein paar Schweißperlen von der Stirn tupfte.

„Und?"

„Ich... Wir... Bitte sagen Sie es ihm, Mister Beard."

Savage schaute seinen ehemaligen Kollegen fragend an.

„Was haben Sie gefunden, John?"

Der Angesprochene holte tief Luft. Savage hatte das Gefühl es, als laste ein unglaublicher Druck auf dem Mann.

„Nun, Sir, wir bekamen eine braune Reisetasche aus Leder ausgehändigt. An der Tasche klebte brauner Dreck und ich habe hineingeschaut... Nachdem ich in der Tasche ein paar Dinge.... Also, da habe ich gedacht... Ich habe Misses Mahon vorgeschlagen, Sie aufzusuchen, Sir."

Savage seufzte auf.

„Herrgott nochmal, Beard! Sie waren mal einer von uns! Sie müssen schon konkreter werden! Scotland Yard ist für einen einfachen Ehebruch nicht zuständig und für dreckige Reisetaschen in Schließfächern eines Bahnhofs schon gar nicht!"

„Ich weiß, Sir, aber..."

„Wenn ich aktiv werden soll, muss ich mehr Informationen von Ihnen haben, Beard!"

„Ich weiß, Sir.", gab der Privatdetektiv kleinlaut zurück. „Es ist nur so, dass es nicht leicht für Misses Mahon und für mich ist."

„Was ist an einer verdreckten Tasche bitteschön nicht leicht? Soll ich mir den braunen Dreck einfach nur mal anschauen und danach einen untreuen, wettenden und schlampigen Ehemann verhaften und zur Rede stellen?"

John Beard schüttelte den Kopf.

„Nein, Sir, natürlich nicht... Mit dem Dreck verhält es sich so, Sir... Bei diesem Dreck handelt es sich um Blut!"

Savage fiel die Kinnlade herunter. Mit einem ruhigen Tag im Büro war es mit einem Schlag aus und vorbei. Er notierte sich die Nummer *J.2413*, die auf dem Abholschein stand. Dann bat er Misses Mahon eindringlich darum, sich nichts anmerken zu lassen.

„Stecken Sie den Schein wieder in die Jackentasche ihres Mannes zurück und warten Sie bitte ab.", sagte er eindringlich zu ihr. „Sie können jetzt nach Hause gehen. Und Sie auch, Beard."

Gegen sieben Uhr am Abend machte er sich gemeinsam mit Inspektor Hall auf den Weg zur Waterloo Station, um sich die Tasche und den Inhalt persönlich anzuschauen.

Die Reisetasche war fest verschlossen. Er ließ sich vom Inspektor ein scharfes Messer geben und machte einen kleinen Schnitt in die Naht an der Seite der Tasche. Vorsichtig bog er das Leder zur Seite und schaute hinein. Was er entdeckte, ließ ihm das Blut in den Adern gefrieren. Er zog ein Stück Seidenstoff aus dem Riss und schnitt eine Probe von dem blutigen Stück ab.

„Sie bleiben hier, Inspektor, und lassen das gute Stück ab jetzt nicht mehr aus den Augen! Und verschließen Sie den Riss wieder halbwegs unsichtbar."

„Ja, Sir."

„Morgen früh lasse ich Sie ablösen. Ich fahre derweil zu Doktor Spilsbury und lasse die Probe untersuchen."

Ohne das Ergebnis der Untersuchung zu kennen, war für Savage bereits jetzt klar, dass Mister Mahon in großen Schwierigkeiten steckte. Die vermeintliche Privatangelegenheit von Mahons neugieriger Ehefrau war vermutlich zu einem Kriminalfall geworden. Er musste nur einen Tag lang warten, um seine Vermutung bestätigt zu sehen…

Zweites Kapitel

Freitag, 02. Mai 1924; 18:15 Uhr
Waterloo Station; London

Ein warmer Tag ging zu Ende und ein milder Abend senkte sich sanft über den geschäftigen Stadtbezirk London Borough of Lambeth. Die schweren Regenwolken der letzten Tage waren am frühen Morgen endlich einem azurblauen Himmel gewichen und hatten den Londonern den lange herbeigesehnten Frühling gebracht.

Es war kurz nach 18 Uhr, als Constable Mark Thompson und Sergeant Thomas Frew aus ihrem Versteck heraus einen vielleicht 35 Jahre alten, recht gut gekleideten Mann beobachteten, der scheinbar vollkommen sorglos durch die weitläufige Südhalle der Waterloo Station schlenderte.

Thompson und Frew folgten dem Mann unauffällig durch den Bahnhof. Der Verfolgte bemerkte nichts von seinen Beschattern und spazierte gemütlich zur Gepäckaufbewahrung. Dort reichte er einen gefalteten Schein über den abgewetzten Tresen.

„Bitte geben Sie mir meinen Koffer!", bat er freundlich und mit sanfter Stimme den Bediensteten, der sich müde den Abholschein besah.

J.2413 stand deutlich lesbar auf dem Papier. Der Mann blickte seinem Gegenüber offen ins Gesicht

16

und nur für den Bruchteil einer Sekunde flatterten ihm dabei nahezu unmerklich die Augenlieder.

Mit einem Schlag war die Müdigkeit des Angestellten verschwunden. Er nickte dem eleganten Mann wortlos zu und drückte gleichzeitig auf einen versteckten Klingelknopf an seinem Pult.

Das leise Summen ließ den Chef-Inspektor im Hinterzimmer der Gepäckaufbewahrung aufschrecken. Savage stand vorsichtig auf. Er hielt sich hinter dem Türrahmen versteckt und lauschte mit gespitzten Ohren dem Gespräch am Schalter.

„Einen Augenblick bitte, Sir. Ich hole Ihren Koffer sofort."

Rasch zog sich der nervöse Bedienstete in den Gepäckraum zurück. Er ging langsam an Savage vorbei und warf ihm einen fragenden Seitenblick zu. Savage nickte ihm aufmunternd zu.

„Bleiben Sie ganz ruhig, Mann. Wir sind in der Nähe.", flüsterte Savage dem Bediensteten zu. „Und lassen Sie sich bitte ein wenig Zeit beim Suchen. Ich werde jetzt nämlich nach vorne in die Schalterhalle gehen und bin nicht der Schnellste."

Der arme Mann schluckte schwer.

„Ich werde mir Zeit lassen, Sir.", hauchte er dem Chef-Inspektor nervös zu.

Savage lächelte und verließ leise die Gepäckaufbewahrung durch die Hintertür. Den rumpelnden Geräuschen nach zu urteilen, tat der Schalterbeamte tatsächlich so, als suchte er fieberhaft nach dem gefragten Gepäckstück.

Der gutaussehende schlanke Mann mit den gelockten schwarzen Haaren, die an den Spitzen ein wenig ergrauten, wartete indessen geduldig. Schließlich konnte der Bahnbedienstete nicht länger sinnlos herumsuchen. Zögernd kam er aus dem Lagerraum zurück.

„Ihr Koffer, ja? Bitte, Sir..."

„Ja, danke. Das ist für Sie."

Der elegante Mann gab dem Bediensteten ein fürstliches Trinkgeld und nahm das Gepäckstück in die rechte Hand. Dann drehte er sich um und durchquerte zügig die Eingangshalle. Als er die Ausgangstür zur York-Road öffnen wollte, berührte ihn jemand sanft aber mit Nachdruck mit der Hand am Arm. Der Mann mit dem Handkoffer sah sich erschreckt um.

Er erblickte zwei ernst dreinblickende Männer, die sich rechts und links von ihm postiert hatten. Beide hielten ihre rechte Hand in der Jackentasche versteckt. Die Taschen beulten sich ein wenig aus, was keinen Zweifel daran ließ, was die Zeigefinger der Männer darin berührten.

Im Hintergrund entdeckte der Aufgehaltene einen weiteren Mann, einen mittelgroßen und drahtigen Mittvierziger mit aristokratischem Schnurrbart, den er aus der Zeitung kannte. Etwas entfernt von ihm stand leibhaftig der bekannte Chef-Inspektor Percy Savage von Scotland Yard.

Der Polizist auf seiner linken Seite, ein schlanker Mann mit freundlichen Gesichtszügen, riss ihn jäh aus seinen Gedanken.

„Ich bin Constable Thompson von Scotland Yard, Sir! Ist das Ihre Tasche, Mister Mahon?"

Der Angesprochene stutzte kurz. Dann nickte er liebenswürdig.

„Sicher! Das ist sie. Was ist damit? Und woher kennen Sie meinen Namen?"

Thompson ignorierte die Frage.

„Sie sind also Mister Mahon?", fragte Sergeant Frew an Thompsons Stelle barsch. Mahon drehte den Kopf nach rechts in Frews Richtung

„Ja, sicher! Was wollen Sie von mir?"

„Ich bin Sergeant Frew. Haben Sie einen Schlüssel für die Tasche, Mister Mahon?", fragte Frew weiter.

„Ja… Nein… Also, ich habe einen Schlüssel."

„Geben Sie ihn mir bitte."

„Dazu müssen Sie mich loslassen."

„Bitte unternehmen Sie keinen Fluchtversuch, Sir.", bat Frew mit erstem Gesicht. „Wir sind bewaffnet."

„Der Schlüssel ist in meiner Hosentasche."

„Bitte, Sir.", sagte Frew und ließ den Gefangenen los. Mahon griff in seine Hosentasche und zog einen kurzen Augenblick später einen kleinen Schlüssel heraus.

„Bitte sehr, der Schlüssel."

„Danke, Sir. Wir gehen nun gemeinsam zur Kennington Road Polizeistation, Mister Mahon. Wir haben ein paar Fragen an Sie, Sir.", sagte Thompson und übernahm wieder die Gesprächsführung. „Folgen Sie uns bitte unauffällig."

„Ihr Handkoffer wird selbstverständlich nach-
kommen. Der Chef-Inspektor wird ihn in der Zwischenzeit in Verwahrung nehmen.", sagte Frew
und nahm Mahon das Gepäckstück aus der Hand.
Er reichte die Tasche und den kleinen Schlüssel
dem Chef-Inspektor, der mittlerweile leise an die
kleine Gruppe herangetreten war und beide Gegenstände wortlos entgegen nahm.

„Blödsinn! Was soll denn dieser... Bin ich etwa
verhaftet?", fragte Mahon fauchend.

„Ja, Sir. Bitte machen Sie keinen Aufstand.", sagte Thompson.

Mahon ließ ein hochmütiges Achselzucken folgen.

„Was soll ich machen? Gehen wir also. Ist ja doch
Unsinn... Ein blöder Irrtum. Na schön, bitte."

Savage hielt sich weiterhin zurück. Er winkte Inspektor Hall zu sich, der gerade eben die Südhalle
des Bahnhofs betreten hatte.

„Ja, Sir?", fragte der Inspektor dienstbeflissen.

„Ich werde Mister Mahon noch heute Abend
verhören.", antwortete Savage seinem Assistenten.

„Natürlich, Sir. Brauchen Sie mich später?"

„Sicher, Hall. Fahren Sie derweil mit in die Kennington Road und warten Sie dort auf mich. Ich
bringe die Tasche schnell zu Doktor Spilsbury. Ich
brauche seine Expertise zum Inhalt und vor allem
brauche ich das Ergebnis von Doktor Spilsburys
Untersuchung der blutigen Kleidungsproben von
gestern. Ich fahre kurz zu ihm und komme dann
nach."

„Jawohl, Sir."

Der Inspektor schlug die Hacken zusammen und stapfte energisch los. Savage atmete tief durch. Er hatte soeben Patrick Herbert Mahon festgenommen.

Drittes Kapitel

Freitag, 02. Mai 1924; 18:45 Uhr
University College Hospital; London

Der diensthabende Fahrer von Scotland Yard fuhr den Chef-Inspektor mitsamt dem Handkoffer zum berühmten Gerichtsmediziner Sir Bernard Henry Spilsbury ins University College Hospital.

Etwas beklommen stieg Savage die steilen Stufen in die dämmrigen Katakomben des Krankenhauses hinab. Auf der ersten Stufe stieg ihm ein leicht süßlicher Geruch in die Nase und Savage fragte sich, wie der berühmte Gerichtsmediziner und seine Mitarbeiter diesen Geruch bei ihrer täglichen Arbeit aushielten.

Er blieb vor der Tür zum Sezierraum stehen und straffte sich. Einerseits war er jedes Mal aufs Neue von dem fasziniert, was er hier unten zu sehen und zu hören bekam. Andererseits spürte er in Anwesenheit der gekühlten Toten stets eine leichte Unsicherheit.

Als Savage durch die breite Eingangstür des Instituts trat, stolperte er beinahe über den großgewachsenen Doktor.

„Oh, Sir Bernard…", sagte Savage erschreckt.

„Da sind Sie ja, Savage!", sagte der Doktor aufmunternd lächelnd. „Immer rein in die gute Stube."

Savage nickte und rümpfte gleichzeitig die Nase.

„Haben es die Toten denn eilig, Doktor?"

„Die Toten haben es nicht mehr eilig, Savage. Ich habe es aber eilig, denn ich habe um 20 Uhr einen Termin im Club."

„Das ist natürlich ein Argument, Sir... Sagen Sie, Doktor, wie halten Sie es hier unten bei dem Geruch eigentlich aus? Was sagen die Leute im Club dazu?"

„Welcher Geruch, Savage?", fragte Spilsbury und zog prüfend die Luft durch die Nase ein. „Ich rieche nichts."

Savage erwiderte nichts. Er hob nur fragend die Augenbrauen. Doktor Spilsbury grinste breit.

„Man gewöhnt sich daran, Savage. Und die Leute im Club rauchen allesamt Zigarre. Von denen riecht niemand mehr etwas."

„Wenn Sie es sagen, Sir... Was haben Sie für mich, Doktor?"

„Ich habe Ihre Probe von gestern untersucht, Savage."

„Und? Ist Blut daran, Sir?"

„Ja, und es ist nicht irgendein Blut, sondern Menschenblut."

„Das wissen Sie so genau, Sir?", fragte Savage erstaunt. „Kein Tierblut?"

„Blut ist nicht gleich Blut, lieber Chef-Inspektor!"

„Wenn Sie es sagen, Sir."

„Blut ist nicht gleich Blut, Savage. Ich kann tierisches Blut eindeutig von menschlichem Blut unterscheiden und an der Tasche und den darin befindlichen Sachen klebt nachweislich menschliches Blut."

„Das höre ich gern, Doktor. Ich hatte schon befürchtet, dass uns die eingetrockneten Blutspritzer keine brauchbaren Beweise liefern würden."

„Ich kann Ihre Befürchtungen nachvollziehen."

„Können Sie das, Doktor?"

„Ja, denn der Täter alles mit einem Desinfektionsmittel bepudert."

„Mit einem Desinfektionsmittel?", fragte Savage entsetzt.

„Ja, Savage.", gab der Doktor ernst zurück.

„Das ist nicht gut, oder?"

„Desinfektionsmittel hin oder her… Den ekelhaften Geruch mag das Zeug zwar überdecken, aber die Blutspritzer auf dem Stück Stoff liefern uns trotzdem brauchbare Beweise!"

„Gott sei Dank!", sagte Savage erleichtert und atmete auf.

Der Gerichtsmediziner lächelte beruhigend.

„Immer ruhig Blut, Savage. Seit mehr als 20 Jahren kann man den Unterschied von Tier- und Menschenblut nachweisen und die reaktionsfähigen Bestandteile, die ich untersuche, bleiben in trockenem Blut sogar erheblich länger erhalten, als in frischem Blut. Das Desinfektionsmittel juckt uns gar nicht."

Doktor Spilsbury ließ seine Worte wirken, um ganz sicher zu gehen, dass er die volle Aufmerksamkeit von Savage hatte.

„Sie erwarten von mir jetzt sicher eine Nachfrage, oder?"

„Ich möchte Sie bescheiden darum bitten, Savage."

„Dann schießen Sie los, Doktor!"

„Ich habe in den vergangenen Jahren viel Erfahrung auf dem Gebiet der Blutuntersuchung gesammelt, Savage. Mittlerweile kann ich jede Schutzbehauptung eines Gewaltverbrechers, dass es sich bei einer Blutspur um Tierblut handeln würde, eindeutig widerlegen."

Savage strich sich gedankenverloren durch seinen kurzen Schnurrbart.

„Hoffentlich wissen das die Verbrecher in England noch nicht, werter Doktor! Noch sind Sie ihnen mit diesem Wissen einen Schritt voraus."

„Seien Sie unbesorgt, Savage. Dieses Expertenwissen bleibt einstweilen allein uns Rechtsmedizinern vorbehalten. Wir wissen immer mehr über immer weniger und am Ende wissen wir alles über gar nichts."

„Das ist sehr beruhigend... Was hat es mit dem Blut denn nun auf sich, Doktor?"

„Nun, Menschenblut unterscheidet sich im Bereich der Eiweiße ganz erheblich von Tierblut. Somit ist eine Verwechslung ausgeschlossen. Bei den gefundenen Blutspritzern handelt es sich mit absoluter Sicherheit um Menschenblut."

„Das hilft mir sehr weiter, Doktor."

„Das hoffe ich, Savage."

„Ich habe noch eine Frage, Sir. Ich habe mir auf der Fahrt zu Ihnen den Inhalt der Tasche angeschaut. Darin befinden sich unter anderem ein langes Kochmesser und eine braune Tennisschlägertasche mit den Initialen E.B.K. Sagt Ihnen das etwas, Doktor?"

„Nein, das müssen Sie herausfinden, Savage! Ich kann leider nicht Hellsehen. Ich bin nicht Gott, allerhöchstens seine zweitklassige Wochenendvertretung."

„Ihr Selbstbewusstsein möchte ich haben, Sir... Können Sie mir als Gottes Vertretung wenigstens sagen, ob es sich bei dem möglichen Opfer um eine Frau oder einen Mann handelt?"

„Vergessen Sie es! Es gibt noch keine wissenschaftliche Methode, um mit Hilfe von Blut den Nachweis zu liefern, ob es sich um das Blut einer Frau oder eines Mann handelt."

„Das ist bedauerlich, Sir."

„Das ist wahr, Savage. Das kommt eines Tages vielleicht noch. Derzeit kann ich höchstens die Blutgruppe für Sie herausfinden. Wenn wir in den nächsten Tagen die Leiche finden, können wir hoffentlich einen brauchbaren Vergleich anstellen. Sie brauchen also unbedingt das Opfer, und zwar so schnell wie möglich. Nur dann wissen Sie, ob es sich um eine Frau oder einen Mann handelt."

„Ja, natürlich... so schnell wie möglich."

„Am besten gestern, Savage."

„Ja, natürlich… Ich wäre Ihnen sehr verbunden, wenn Sie die Blutgruppe ermitteln könnten, Doktor."

„Sehr gerne, aber ich muss Ihnen bei aller Begeisterung für die forensische Wissenschaft leider sagen, dass die Blutgruppe vor Gericht nach wie vor anfechtbar ist. Sofern Sie kein umfassendes Geständnis vom Täter bekommen, können Sie später nicht viel mit meinen tollen Erkenntnissen anfangen, Savage."

Savage nickte niedergeschlagen.

„Darüber bin ich mir durchaus im Klaren. Ich bin aber für jedes Mosaiksteinchen dankbar, und sei es noch so klein und anfechtbar."

„Ich tue mein Bestes, Savage."

„Was geschieht mit dem Koffer, Sir?"

„Nehmen Sie das gute Stück erst einmal wieder mit. Sie werden ihn heute noch brauchen. Wenn Sie mit der Vernehmung fertig sind, bringen Sie das Teil morgen früh zu mir. Ich schaue mir den Inhalt dann genauer an.

„Danke, Sir.", sagte Savage. „Und viel Spaß im Club. Rauchen Sie eine Zigarre für mich mit."

Der Chef-Inspektor nahm den blutigen Handkoffer an sich und ließ den Doktor allein.

Viertes Kapitel

Freitag, 02. Mai 1924; 20:30 Uhr
Kennington Road Polizeistation; London

Die Luft in der engen und überheizten Wachstube in der Kennington Road Polizeistation hing voll mit den bläulichen Rauchschwaden von Savage ägyptischen Zigaretten. Inspektor Hall war bereits ein wenig blass um die Nase.

Kurz vor 20 Uhr 30 drückte Savage seine zehnte Zigarette aus, stand auf und streckte sich. Dann nahm er den Handkoffer in die Hand und gab dem Inspektor ein Zeichen.

„Los, gehen wir. Begleiten Sie mich bitte zur Verhörzelle, Inspektor."

„Folgen Sie mir, Chef."

Die Männer verließen den Raum und gingen einen langen, schmalen Flur entlang. Vor der letzten Zelle auf der linken Seite blieben sie stehen und Savage schaute durch das kleine Guckloch in den Raum.

Mahon hatte die gesamte Zelle, in der sonst zwölf Gefangene Platz fanden, für sich alleine. Er war wach und saß stocksteif auf einem Stuhl. Vor ihm auf dem Tisch lagen sein brauner Schlapphut, seine braunen Handschuhe und ein gefalteter Regenschirm.

„Öffnen Sie bitte die Tür.", bat Savage leise.

Der Inspektor schloss die schwere Holztür auf und ließ Savage eintreten. Danach drehte er den Schlüssel mehrfach und schloss seinen Chef mit dem Gefangenen ein.

Mahon, der das Schlüsselklappern bemerkt hatte, drehte müde den Kopf in die Richtung des hereinkommenden Chef-Inspektors. Es kam kein Fluch über seine Lippen. Er fing nicht an zu brüllen, wie das sonst sehr oft bei Verhafteten der Fall war. Mahon veränderte lediglich seinen Gesichtsausdruck einen Deut in Richtung Neugierde.

„Ich kenne Sie, Sir.", sagte er freundlich. „Sie sind Chef-Inspektor Percy Savage von Scotland Yard."

„So ist es, Mister Mahon.", gab Savage freundlich zurück. „Ich bin Chef-Inspektor Percy Savage von Scotland Yard. Ich hatte vorhin in der Waterloo Station keine Gelegenheit, mich Ihnen in Ruhe vorzustellen."

Mahon sah Savage herablassend an.

„Das haben Sie nun der Form halber freundlich nachgeholt, Sir.", sagte er mit einem verächtlichen Grinsen.

„Das gehört sich so, Mister Mahon.", gab Savage zurück.

Mahon winkte ab.

„Schenken Sie sich das höfliche Getue, Chef-Inspektor! Was werfen Sie mir überhaupt vor? Warum sitze ich seit Stunden hier herum, Sir?"

Savage öffnete wortlos den Handkoffer mit dem kleinen Schlüssel, den er seit der Verhaftung Mahons besaß. Er nahm den Inhalt Stück für Stück aus der Tasche und förderte nacheinander ein langes Kochmesser, eine braune Tennisschlägertasche, ein zerrissenes Paar seidene Pumphosen, zwei Teile eines weißen Seidenschals und einen blauen Seidenschal zu Tage. Nachdem der das letzte Stück entnommen hatte, zeigte er auf den blutigen Inhalt, der jetzt fein aufgereiht auf dem Tisch lag.

„Gehören die Sachen, die ich eben aus diesem Koffer genommen habe, Ihnen? Sind das Ihre Sachen, Mister Mahon?"

„Natürlich, Sir!"

„Das sind also Ihr Koffer, Ihre Kleidung, Ihre Tennisschlägertasche und Ihr Messer?"

„Ja, Sir."

„Gut, dann können Sie mir sicherlich verraten, woher das viele Blut stammt, das daran zu finden ist?"

Mahon schaute den Chef-Inspektor fragend an.

„Blut, Sir?"

„Ja, Blut, Mister Mahon."

„Das Blut… Nun… Also, ich habe Hunde zu Hause, Sir. Ich liebe Hunde über alles und die Hunde lieben mich. Ich transportiere in dem Koffer öfter frisches Fleisch für meine Tiere, Sir."

Savage nickte bedächtig.

„Wollen Sie mir tatsächlich sagen, dass Sie Ihre Hunde mit Menschenfleisch füttern, das Sie zum

Transport in teure Seide einwickeln, Mister Mahon?"

Savage hatte seine Frage betont leise gestellt, und dennoch knallten seine Worte wie ein Peitschenschlag durch den Raum. Die Reaktion des Verdächtigen ließ nicht lange auf sich warten. Mister Mahon fuhr empört in die Höhe.

„Oh, mein Gott! Das ist ja ekelhaft! Was soll dieser geschmacklose Scherz?"

Savage deutete sanft auf Mahons leeren Stuhl.

„Setzen Sie sich wieder, Mister Mahon."

Mahon atmete schwer und blieb trotzig stehen.

„Setzen Sie sich, Mister Mahon! Sofort!", stieß Savage knurrend hervor.

Mahon schnaubte wütend und setzte sich. Savage hob die Stimme.

„Unser Rechtsmediziner hat bereits festgestellt, dass es sich bei den Blutspuren in Ihrem Koffer und auf den Gegenständen eindeutig um Menschenblut handelt, Mister Mahon."

„Doktor Spilsbury?", fragte Mahon neugierig.

„Ja, der berühmte Doktor Spilsbury. Der Mann, den Sie aus der Zeitung kennen, ist ein sehr fähiger Mann und kann das Blut eines schottischen Hochlandrindes, vom Blut eines Menschen unterscheiden, selbst wenn die äußerliche Ähnlichkeit zwischen beiden Lebewesen manchmal äußerst frappierend ist!"

Mahon schnaubte wütend. Er hatte absolut keinen Sinn für den schwarzen Humor des Chef-Inspektors. Er schaute Savage aggressiv mit weit aufgerissenen Augen an und ganz plötzlich, von einer Sekunde auf die andere, wurde Mahon bleich wie eine Kalkwand.

Auf einmal wirkte Patrick Herbert Mahon wie verwandelt. Die zur Schau gestellte Selbstsicherheit war schlagartig verschwunden und einer plötzlichen Unsicherheit gewichen. Solch eine sekundenschnelle Wesensänderung hatte Savage noch nie zuvor bei einem Menschen erlebt

„Hundefutter… Hundefutter… Menschenblut… Sie wissen es also…", murmelte er kaum hörbar vor sich hin

Savage spürte ein Kribbeln im Bauch. Er hoffte, dass Mahon nichts davon ahnte, dass das mit dem Menschenblut das Einzige war, was er im Moment mit Sicherheit wusste.

„Haben Sie mir etwas zu sagen, Mister Mahon?", fragte Savage sanft.

Mahon schüttelte langsam den Kopf.

„Nein, Sir. Ich habe Ihnen nichts zu sagen."

Der Chef-Inspektor nickte und wartete geduldig, doch Mahon sagte ihm tatsächlich kein Wort mehr. Nach einer lähmenden Viertelstunde rief er Inspektor Hall zu sich. Gemeinsam führten sie Mahon zum weiteren Verhör ins naheliegende Gebäude von Scotland Yard.

Fünftes Kapitel

Freitag, 02. Mai 1924; 21:30 Uhr
New Scotland Yard; London

Erst einmal passierte rein gar nichts und mit dieser schmerzhaften Stille begann das nervenzerreißendste und denkwürdigste Verhör, das der Chef-Inspektor bis dahin geführt hatte. Patrick Herbert Mahon saß ihm gegenüber und beide Männer schwiegen sich beharrlich an. Nach einer Viertelstunde rückte Mahon unruhig auf seinem Stuhl hin und her.

„Ich frage mich, ob Ihnen bewusst ist, was es bedeutet einen wachen Körper zu haben und gleichzeitig einen Geist zu besitzen, der zum Scheitern verurteilt ist?", fragte er den Chef-Inspektor leise.

„Nein, das weiß ich leider nicht. Selbst Shakespeare, den Sie hier so frei zitieren, wusste es in König Lear auch nicht, Mister Mahon.", gab Savage schlagfertig zurück.

Mahon nickte.

„Oh, Sie sind ein Kenner der klassischen Literatur.", sagte Mahon bewundernd und dann sagte er nichts mehr.

Die Minuten verstrichen und wurden zu mehr als zweieinhalb qualvollen Stunden, in denen

Savage abwartete und dabei nicht einmal rauchte, was für ihn wirklich mehr als ungewöhnlich war.

Mahon vergrub unterdessen seinen Kopf zwischen den Händen und schien angestrengt nachzudenken. Er überdachte vermutlich seine Lage und wartete auf Fragen von Savage.

Doch von Savage kamen keine Fragen. Der Chef-Inspektor gab Mahon nicht den Hauch einer Chance, die zwischenzeitlich erdachten Lügen an den Mann zu bringen. Er gab dem Mann keine Gelegenheit, herauszufinden, was er tatsächlich über den Fall wusste oder eben auch nicht wusste.

Gegen Mitternacht war es schließlich vorbei!

Mahon wurde zuerst bleicher und bleicher. Der Schweiß floss ihm in Strömen von seiner Stirn über das Gesicht in die Augen, die ihm vermutlich bereits wie Feuer brannten. Patrick Herbert Mahon war am Ende!

*

Savage bemerkte Mahons Zusammenbruch. Er sah, wie der Mann in sich zusammensackte und wartete erst einmal weiter ab. Mahon hatte mit Sicherheit die schlimmsten Stunden seines Lebens hinter sich und hatte jetzt ganz einfach genug von der brutalen Stille im Raum! Er riss sich zusammen und stand plötzlich taumelnd auf. Dann begann er ungebremst zu sprechen, doch seine Worte waren kaum zu verstehen.

„Ich überdenke meine Position, Sir.", hauchte er in die Stille hinein.

„Gut.", antwortete Savage ebenso leise.

„Ich werde reden. Sie wissen bereits alles… Ich will Ihnen die Wahrheit sagen, Sir!"

„Ich muss Sie vorher darüber aufklären, dass Sie das Recht haben, die Aussage zu verweigern."

„Ich will reden, Sir."

Savage nickte und klingelte nach seinem Assistenten, der im Nebenraum wartete. Inspektor Hall kam sofort herein, um das Protokoll aufzunehmen.

Savage stand auf und streckte seine müden Glieder. Er wandte sich an Mahon, der zusammengesunken auf seinem Stuhl saß.

„Ich weise Sie noch einmal darauf hin, dass Sie mir nichts sagen müssen, Mister Mahon. Wenn Sie dennoch reden wollen, wird Inspektor Hall Ihre Aussage jetzt und hier zu Protokoll nehmen und Ihnen später jede einzelne Seite zur Unterschrift vorlegen. Haben Sie mich verstanden, Mister Mahon?"

Mahon nickte müde.

„Ja, Sir. Ich habe Sie verstanden."

„Gut! Bitte sprechen Sie, Mister Mahon. Sie können frei reden. Ich werde versuchen, Sie nicht mit allzu vielen Fragen zu unterbrechen."

Mahon nickte und Tränen traten in seine Augen, als er Savage das lieferte, was dieser dringend brauchte – einen Namen!

„Also, ich habe die Frau vor zehn Monaten kennengelernt. Ich habe Peter… Emily… Ähm, Miss

Emily Beilby Kaye vor zehn Monaten kennengelernt."

Savage fiel nahezu hörbar ein Stein vom Herzen.
Das war das fehlende Mosaiksteinchen! Endlich
hatte er einen Namen. Emily Beilby Kaye – vermutlich der passende Name zu den Initialen E.B.K.
Der genaue Name war für die Lösung des Falls das
Wichtigste, denn Miss Kaye war vermutlich das
bedauernswerte Opfer von Mister Mahon. Endlich
stand der Aufklärung des Verbrechens nichts mehr
im Weg.

„Ich bin Verkaufsleiter bei Consols Automatic
Aerators Ltd. in Sunbury. Unsere Firma ist Ge-
schäftspartner von Robertson, Hill & Co. in der
Copthall Avenue. Dort habe ich Emily vor zehn
Monaten kennengelernt."

Mahon holte tief Luft, bevor er weitersprach.

„Emily ist 29... Wir verliebten uns... Wir kennen
uns seit Juni letztes Jahr und im August... Wir
machten einen Ausflug auf der Themse.... Seit der
Zeit sind wir ein Liebespaar."

„Ich verstehe.", brummte Savage und nickte
Mahon aufmunternd zu.

„Anfang April mietete ich einen kleinen Bungalow in der Nähe von Eastbourne... in Langney,
Pevensy Bay... am Strand in den Crumbles. Am
Freitag, das muss der 11. April gewesen sein, bekam ich die Schlüssel und am Tag darauf zogen
wir in das Haus."

„Also, am 12. April?", hakte Savage nach.

„Ja, am 12. April, Sir. Wir wollten dort bis zum 17. April bleiben. Am 16. April fuhren wir gemeinsam nach London und am Abend hatten wir im Bungalow einen heftigen Streit."

Savage horchte auf.

„Am Mittwoch, den 16. April?"

Mahon nickte.

„Ja, Sir."

„Um was ging es bei diesem Streit zwischen Miss Kaye und Ihnen, Mister Mahon?"

Der Angesprochene schluckte schwer.

„Emily, also Miss Kaye, sprach immer von Heirat, aber ich konnte sie doch nicht heiraten."

„Sie sind bereits verheiratet, Mister Mahon."

„Genau, ich bin verheiratet! Also, an diesem Abend kam es kurz vor Mitternacht zwischen uns zu einer wilden Szene. Emily warf eine Axt nach mir. Sie traf mich an der rechten Schulter und ich schlug zurück. Sie würgte mich und wir kämpften miteinander."

Mahon schnaufte und kämpfte erneut mit den Tränen.

„Sie stürzte mit dem Kopf auf einen eisernen Kohleneimer und ich fiel auf sie. Sie regte sich nicht mehr. Ich sah ihr Blut und dann wurde ich ohnmächtig… Es war ein gottverdammter Unfall! Das müssen Sie mir glauben, Sir!"

Savage sagte nichts und er glaubte auch nichts.

*

Der Chef-Inspektor zündete sich nach Stunden der Entbehrung eine Zigarette an. Er bot Mahon ebenfalls eine an, doch dieser lehnte dankend ab.

„Bitte schildern Sie mir alles, an was Sie sich erinnern. Erzählen Sie mir bitte auch den genauen Ablauf vom 16. April, Mister Mahon."

Mahon nickte.

„Das will ich gerne tun, Sir, aber wo soll ich beginnen?"

Savage erinnerte sich an das Zusammentreffen mit Mahons Ehefrau, die ihm vor ein paar Tagen die gleiche Frage gestellt hatte.

„Am Anfang, Mister Mahon. Beginnen Sie einfach von vorne.", sagte er ruhig.

„Emily hatte kurze blonde Haare und eine athletische Figur… Jeder nannte sie deswegen Peter. Ich nannte sie auch so. Wir waren an jenem Tag in London. Als wir wieder im Bungalow waren, war Peter… Emily… Sie war traurig, Sir."

„Sie waren am 16. April gemeinsam in London?"

„Ja, Sir. Wir bummelten durch die Stadt und gingen am Abend etwas essen. Dann fuhren wir zurück."

„Warum war Miss Kaye traurig, Mister Mahon?"

„Emily nahm im Bungalow einen Reiseführer zur Hand und las darin… Peter träumte von Südafrika. Sie sah sich in Gedanken immer wieder inmitten heller Räume in einem Herrenhaus in Kapstadt. Sie erzählte mir von wertvollen Bildern an den Wänden. Sie schien förmlich die weichen Teppiche unter ihren Füßen zu spüren und sie fühlte den kühlen Abendwind auf ihrem Gesicht, der vom Meer kommend durch die weit geöffneten Fenster strömte... Das war ihre Art."

„Miss Kaye war romantisch veranlagt?"

„Ja, Sir. Sie war sogar sehr romantisch."

„Das erklärt dennoch nicht ihre Traurigkeit, Mister Mahon. Wollte Sie mit Ihnen nach Südafrika verreisen?"

„Auswandern, Sir, Emily wollte mit mir nach Südafrika auswandern und nicht nur verreisen."

„Sie wollten zusammen nach Südafrika auswandern?"

„Nein, Sir. Peter wollte dorthin. Sie sah sich bereits im eleganten Abendkleid an der Seite ihres Gatten Gäste begrüßen und dieser Gatte sollte ich werden, Sir."

„Ich verstehe."

Savage konnte sich in der Tat sehr gut vorstellen, weshalb Miss Kaye an jenem Abend im April traurig gewesen war. Mister Mahon hatte ihr vermutlich einen Korb gegeben und sie sah alles, wonach sie sich Jahre hindurch verzweifelt gesehnt hatte, in weite Ferne rücken.

„Sprechen Sie bitte weiter, Mister Mahon."

„Ich drehte ihr den Rücken zu... Ich kniete vor dem offenen Kamin und griff mit meinem gesunden linken Arm in den Kohleneimer..."

„Ihrem gesunden Arm?"

„Ja, ich hatte mir ein paar Tage vorher das rechte Handgelenk verstaucht. ... Der Eimer hatte völlig krumme Beine... Ich nahm ein großes Stück Kohle heraus und schlug es mit einer kleinen Kohlenaxt entzwei. Dann warf ich das abgeschlagene Stück in die Flammen."

„Und?"

„Ich sagte Emily am Mittwochabend, dass ich nicht mit ihr nach Südafrika gehen würde."

„Wie reagierte Miss Kaye?"

„Emily kämpfte zuerst mit ihren Tränen und wurde dann fuchsteufelswild. Sie schrie mich an, dass es doch so abgemacht gewesen wäre, und dass wir dort heiraten wollten."

„Was taten Sie mit der Axt, die Sie in der Hand hielten, Mister Mahon?"

„Die Axt... ich verstehe nicht..."

„Nun, Sie hatten eine Axt in der Hand, Mister Mahon."

„Oh, die Axt... Ich tat nichts mit ihr. Ich stand auf und legte sie auf den Tisch, an dem Emily saß."

„Und weiter?"

„Südafrika war ihre Idee, Sir. Ich bin ein verheirateter Mann und ich werde mich von Jessie nicht trennen. Ich wollte nicht mit Peter nach Südafrika gehen... Sie sprang wütend auf und trat dicht an mich heran."

„Hat Miss Kaye Sie im Streit beleidigt, Mister Mahon?"

„Nein, das hat sie nicht. Sie hat mir aber gedroht, Sir."

„Sie hat Ihnen gedroht? Womit hat sie Ihnen gedroht?"

„Sie hat gesagt, sie wüsste, was ich vor ein paar Jahren getan hätte. Sie würde mich ruinieren, wenn ich nicht mir ihr fortginge."

Savage schloss zufrieden die Augen. Er hatte das Opfer und er hatte das Motiv für die Tat. Es lief gut in diesem Fall.

„Was haben Sie denn vor ein paar Jahren getan, Mister Mahon?", fragte er, obwohl er die Antwort bereits kannte.

Mahon senkte den Blick. Seine Stimme war nur ein Flüstern.

„Das wissen Sie doch, Sir, oder? Sie sind bei Scotland Yard."

„Das mag schon sein, aber ich möchte es gerne von Ihnen hören, Mister Mahon."

Mahon wich dem Blick des Chef-Inspektors aus, als er leise antwortete.

„Ich war fünf Jahre lang im Gefängnis, Sir... In der Zwischenzeit ist mein kleiner Sohn gestorben, ohne dass ich ihn jemals gesehen habe. Können Sie sich das vorstellen?"

„Nein, das kann ich mir nicht vorstellen, Mister Mahon... Warum waren Sie im Gefängnis?"

Mahon seufzte. Es fiel ihm sichtlich schwer, auf die Frage zu antworten.

„Nun, ich weiß wie sich das in dieser Situation anhört... Kurz nach der Hochzeit mit Jessie hatte ich ein Verhältnis mit einer anderen Frau. Ich habe knapp 123 Pfund meines ersten Arbeitgebers veruntreut und bin für die Unterschlagung von weiteren 60 Pfund bei meinem zweiten Arbeitgeber für zwölf Monate nach Dorchester in den Bau gewandert."

„Sie sagten eben etwas von fünf Jahren, Mister Mahon."

„Ich war vorbestraft und stand unter Bewährung. Nach meiner Entlassung bin ich 1916 in eine Bank eingebrochen. Eine Wärterin hat mich gesehen und ich habe sie mit einem Hammer niedergeschlagen. Die Frau wurde schwer verletzt und ich bekam dafür fünf Jahre Zuchthaus in Guildford. Reicht Ihnen das?"

Savage nickte.

„Ja, das reicht mir, Mister Mahon. Woher wusste Emily von Ihrer Gefängnisstrafe?"

„Sie hat beim Aufräumen im Zimmer ihres Clubs einen Zeitungsartikel über meine Verurteilung gefunden. Der Besteckkasten in der dortigen Küche war damit ausgelegt."

„Wie reagierten Sie auf die Vorwürfe, Mister Mahon?"

„Ich habe alles geleugnet, Sir."

„Warum haben Sie alles geleugnet?"

„Ich war völlig durcheinander. Emily hat mir den Fall ausführlich geschildert. Sie wusste wirklich davon."

„Drehten Sie daraufhin durch?"

„Nein, so war es nicht! Ich sagte ihr, dass ihr Wissen absolut nichts an meiner Entscheidung ändern würde. Sie nahm zwei Briefe, die sie erst wenige Minuten zuvor geschrieben hatte, vom Tisch und hielt sie mir unter die Nase. Sie sagte, sie hätte bereits sämtliche Brücken hinter sich abgebrochen. Sie wollte diese Angelegenheit ein für alle Mal mit mir regeln."

Mahon kämpfte erneut mit den Tränen.

„Ich konnte es nicht tun, aber Emily verstand das nicht. Sie sagte mir, dass sie mich liebe und sie mich niemals mit jemandem teilen könne."

Mister Mahon sah zu Boden.

„Ich fragte sie, warum wir nicht einfach Kumpel werden könnten?"

Savage glaubte, sich verhört zu haben.

„Kumpel werden, Mister Mahon?"

„Das hat Emily auch gesagt, Sir. Sie hat mich angebrüllt, dass ich wohl von allen guten Geistern verlassen sei. Wir hätten miteinander geschlafen und nach alledem sollten wir nur Kumpel sein… Ich wollte ihr nicht wehtun, aber es war alles, was ich ihr anbieten konnte."

„Was geschah dann?"

„Sie wollte mich zwingen, die Briefe zu unterschreiben. Ich lehnte das ab… Ich wollte schlafen gehen und die Sache auf den nächsten Tag verschieben. Sie schrie, dass es kein Morgen mehr gäbe, und warf die Axt nach mir. Bevor ich reagieren konnte, erwischte mich der Kopf der Axt an der rechten Schulter. Ich spürte einen stechenden Schmerz. Die Axt prallte ab und traf mit dem Schaft den Türrahmen. Der Schaft brach ab und die Teile fielen hinter mir krachend zu Boden!"

„Was geschah weiter, Mister Mahon?"

„Noch bevor ich mich sammeln konnte, stürmte Emily auf mich zu und schlug mir mit ganzer Kraft ins Gesicht. Sie umklammerte plötzlich mit beiden Händen meinen Hals und ich bekam keine Luft mehr."

„Schlugen Sie zurück, Mister Mahon?"

„Nein, ich war viel zu durcheinander. Ich bekam keine Luft mehr. Ich umklammerte verzweifelt ihre Handgelenke, doch es gelang mir nicht, ihren Griff zu lösen. Emily hatte plötzlich Kräfte, die ich ihr niemals zugetraut hätte… Ich meine, sie war von Natur aus keine zierliche Frau, aber sowas hatte ich nicht von ihr erwartet. Sie war wie eine Furie. Wir drehten uns keuchend und würgend im Kreis. Sie wollte mich umbringen, Sir."

Savage nickte.

„Was passierte weiter, Mister Mahon?"

„Ich bekam noch immer keine Luft und sah bereits Sterne vor den Augen. In meiner Panik griff ich nach Emilys Kehle. Ich ertastete mit meinen Daumen ihren Kehlkopf und drückte zu. Sie ließ los. Ich bekam endlich wieder Luft und schubste Emily von mir weg."

Mahon begann heftig zu schluchzen.

„Ich sehe noch immer ihre großen Augen, als sie über den Stuhl in ihrem Rücken stolperte. Sie versuchte, sich zu halten, doch es gelang ihr nicht. Also griff sie nach mir und krallte sich im Fallen in die Knopfleiste meines Hemdes. Wir gingen zu Boden… Ich stürzte auf sie. Emily prallte mit dem Hinterkopf auf den eiseren Kohleneimer. Nach ein paar Sekunden richtete ich mich auf. Ich wollte sie aufwecken, doch sie rührte sich nicht. Ich ahnte Schlimmes."

„Lebte Miss Kaye noch, Mister Mahon?"

„Ich weiß es nicht, Sir… Unter Emilys Kopf bildete sich langsam eine dunkelrote Lache. Ich drehte durch. Mich packte das Grauen. Ich rannte aus dem Haus. Was sollte ich nun tun? Würde ich die Polizei informieren, dann hielte man mich ganz sicher für einen Mörder, und alles käme heraus. Das durfte ich meiner Frau nicht antun?"

„Wie lange waren Sie im Garten, Mister Mahon?"

„Ich weiß es nicht mehr. Ich kann mich an nichts erinnern. Vielleicht ein paar Minuten oder auch ein oder zwei Stunden. Ich weiß es wirklich nicht, Sir."

„Als Sie zurück ins Haus kamen, suchten Sie nach einem geeigneten Ausweg aus der Misere. Ist das richtig?"

„Ja, ich zog Emily ins angrenzende Gästezimmer. Ich deckte sie mit ihrem Mantel zu und legte ein paar Kleidungsstücke unter ihren Kopf. Dann fuhr ich am nächsten Morgen nach London. Ich dachte nach und fand einen Ausweg aus der Situation."

„Wo ist Miss Kaye? Wo haben Sie Miss Kaye vergraben?", fragte Savage nervös.

Mahon schaute Savage ruhig an. Dann nickte er.

„Ja, Sir, ich fand einen Ausweg. Aber ich habe Sie nicht vergraben, Sir."

Savage zündete sich eine weitere Zigarette an. Er hatte bereits zu Beginn des Verhörs ein deutliches

Gefühl im Bauch gehabt, dass Mahons Aussagen grundsätzlich schlimm sein würden. Nach den letzten Worten Mahons stand nun jedoch zu befürchten, dass es noch schlimmer kommen würde.

„Wenn du denkst es geht nicht mehr, kommt von irgendwo was schlimmeres her.", flüsterte Mahon Inspektor Hall zu.

Der Inspektor nickt beklommen und schluckte nervös. Savage wandte sich wieder Mahon zu.

„Wie sah Ihr Ausweg aus der Misere aus, Mister Mahon?"

„Ich kam auf einen entsetzlichen Ausweg, Sir. Ich fuhr am nächsten Morgen nach London und kaufte in einer Eisenwarenhandlung ein Kochmesser und eine Säge, wie Schlachter sie benutzen... Ich glaube bei Staine's in der Victoria Street, Sir."

Mahon zögerte kurz, bevor er fortfuhr und Savage spürte, dass Mahon mit seiner letzten Aussage irgendwie nicht zufrieden war.

„Ich glaube es war am Donnerstag, also am 17. April, als ich zu Staine's in die Victoria Street fuhr. Allerdings..."

„Allerdings was, Mister Mahon?", hakte Savage sofort nach.

„Nun, ich wusste eigentlich schon seit dem 11. April, dass kein scharfes Messer im Haus war und ich wollte in London sofort eines kaufen, aber... Ich fand einfach keine Zeit dafür. Und eine Küchensäge war auch nicht da... Ich weiß es nicht mehr, Sir. Das spricht gegen mich, oder?"

„Das habe ich jetzt nicht zu entscheiden. Ich höre mir nur Ihre Aussage an."

„Gut, Sir."

„Wozu brauchten Sie die Werkzeuge, Mister Mahon?", fragte Savage und atmete tief durch.

Auch Inspektor Hall seufzte vernehmlich auf und atmete tief durch, um sich auf das sich anbahnende Grauen vorzubereiten.

„Das Messer haben Sie in der Tasche gefunden, Sir... Mit dem Messer bin ich zurück ins Landhaus gefahren, und habe Emily... Nun, ich habe sie damit zerlegt, Sir."

Savage stockte das Blut und Inspektor Hall hörte kurz auf zu schreiben. Die grauenhafte Aussage von Mister Mahon wühlte beide sichtlich auf. Savage holte tief Luft.

„Bitte nennen Sie uns für das Protokoll alle Einzelheiten, an die Sie sich erinnern können, Mister Mahon."

Sechstes Kapitel

Freitag, 02. Mai 1924; 23:30 Uhr
New Scotland Yard; London

Mahon sprach klar und deutlich und Savage hatte das Gefühl, als redete sich der Mann eine schwere Last von der Seele. Mahons Aussage wurde von Satz zu Satz sicherer.

„Es war am Karfreitag…", begann Mahon, bevor ihn Savage kurz unterbrach.

„Sie sprechen vom 18. April, ist das richtig?"

„Ja, Sir. Am 18. April begann ich, mittags etwas Fleisch von Emily in einem Topf zu kochen. Den Rest des Wochenendes habe ich den Körper nicht angefasst. Emilys Kopf verbrannte ich am Dienstag nach Ostern im Kaminfeuer."

„In einem einfachen Kaminfeuer, Mister Mahon?", fragte Savage und zündete sich eine weitere Zigarette an.

„Ja, Sir. Es dauerte geschlagene drei oder vier Stunden. Der Schürhaken stieß am Ende ohne Wiederstand durch die Knochen, wenn ich im Feuer stocherte."

Savage schloss entsetzt die Augen und wünschte sich an einen anderen Ort. Mahon sah die Reaktion des Chef-Inspektors und reagierte entsprechend.

„Ja, es war grauenhaft, Sir! Draußen tobte ein Unwetter und als ganz in der Nähe ein Blitz einschlug, glaubte ich, dass sich der Kopf bewegte. Ich rannte aus dem Haus.

Am nächsten Tag brach ich den Schädel in kleine Stücke und warf sie in die Mülltonne und ins Meer. Den Oberschenkelknochen verbrannte ich ebenfalls.

Es ist erstaunlich, was ein Kaminfeuer alles verbrennen kann, Sir. Es gibt einen Kamin im hinteren Wohnzimmer und einen im vorderen Salon. Hier werden Sie einige Knochen finden und auch ihre Kleider sind immer noch da."

Savage atmete erneut tief durch. Das Gehörte verstörte ihn und auch Inspektor Hall war bereits ganz grün um die Nase, was diesmal eindeutig nicht an dem ägyptischen Glimmstängel seines Chefs lag.

„Bitte fahren Sie fort, Mister Mahon."

„Als nächstes verbrannte ich ihre Füße und Beine. Am Samstag, also am Morgen des 26. April, zerschnitt ich den Rest von Emilys Körper. Ich trennte die Arme ab und kochte sie in einem großen Topf. Ich warf einige Teile zwischen der Waterloo Station und Reading aus dem Zug.

Es gelang mir nicht, alle Stücke loszuwerden. Also stieg ich in Reading aus. Ich nahm mir ein Zimmer im Bahnhofshotel unter dem Namen Rees.

Am nächsten Tag entledigte ich mich der restlichen Teile auf dem Weg nach Richmond. Den Abend verbrachte ich zu Hause. Am Montag fuhr ich nach London und deponierte die Reisetasche in der Gepäckaufbewahrung. Dann fuhr ich zurück zu meiner Frau. Den Rest kennen Sie…"

Savage wusste nicht, was er sagen sollte. Er drückte seine Zigarette aus und zündete sich sofort eine Weitere an. Nach einigen tiefen Zügen, die seine Lebensgeister anregten, setzte er das Verhör fort.

„Ich würde gerne noch einmal auf den Mittwoch vor Ostern zurückkommen. Wann stritten Sie sich am Abend des 16. April genau?"

„Wir hatten in London zu Abend gegessen… Der Nachtexpress… Wir kamen kurz vor dem Streit an… So gegen Mitternacht."

„Gegen Mitternacht?"

„Nein, ich muss mich korrigieren, Sir. Wir stritten uns bereits im Zug. Das war so zwischen neun und zehn Uhr abends. Als wir im Bungalow ankamen, ging der Streit weiter. Emily warf ihren Hut in die Ecke und schleuderte ihren Pelzmantel in einen Sessel."

„Was trug Miss Kaye an diesem Tag noch, Mister Mahon?"

„Lassen Sie mich nachdenken… Sie trug an diesem Tag ein grünes Kostüm, Sir."

„Wenn ich Sie also richtig verstehe, Mister Mahon, ging es bei dem Streit am 16. April darum, dass Emily mit Ihnen nach Südafrika wollte, um Sie dort zu heiraten. Sie wollten aber nicht mit ihr gehen?"

„Emily wollte ins Ausland gehen. Ich wollte nicht. Emily wusste, dass ich verheiratet war. Sie kannte meine Frau sogar vom Sehen aus der Firma. Meine Frau arbeitet dort ebenfalls… Als Kassiererin und Sekretärin."

„Sie lehnten es vehement ab, mit Miss Kaye nach Südafrika zu gehen?"

„Ja, selbstverständlich! Emily meinte, ich sei kalt und gefühllos. Sie wollte unbedingt meine Aufmerksamkeit gewinnen. Sie verließ ihre Firma Robertson, Hill & Co. im letzten Jahr kurz vor Weihnachten und fuhr in den Norden zu ihrer Familie. Danach hat sie kurz irgendwo in der Bond Street gearbeitet, und in irgendeinem anderen Büro. Sie bekam die Grippe und fuhr nach Bournemouth, um sich zu erholen. Als sie Anfang März zurückkam wurde es noch schlimmer mit ihr."

„Wie das?"

„Sie wurde immer unruhiger. Wir trafen uns in der Waterloo Station und sie teilte mir mit, dass sie ihr Zimmer im Club Anfang April aufgeben wollte. Ich sollte Urlaub nehmen und mit ihr irgendwo in einen Bungalow ziehen. Dort wollte sie mit mir ein Liebesexperiment machen, wie sie es nannte."

„Ein Liebesexperiment?"

„Ich weiß, das klingt verrückt, aber so war Emily nun einmal. Sie wollte mir zeigen, was für eine unglaubliche Hausfrau und Geliebte sie sei. Ich versuchte alles, um sie von der Idee abzubringen, aber da war nichts zu machen. Emily konnte richtig stur sein. Ich ging auf ihren Vorschlag ein… Ich hielt es für das Beste. Ich dachte, ich könnte sie nach dem Experiment…"

„Loswerden?", hakte Savage nach.

„Nein, das klingt so, als ob ich… Um Gottes willen! Ich wollte mich von ihr trennen, aber doch nicht so!"

„Wann haben Sie den Bungalow gemietet?"

„Emily fand eine Anzeige im *Telegraph* Ich mietete den Bungalow Anfang April von einem Mister Muir, der das Haus für die eigentliche Besitzerin verwaltete. Ich traf mich mit ihm in Ashley-Gardens in London. Das war am 4. April, glaube ich. Ich mietete das Haus vom 11. April bis zum 6. Juni."

„Waren Sie am 4. April gemeinsam mit Miss Kaye bei Mister Muir?"

„Nein, Emily war nicht dabei. Sie war zu dem Zeitpunkt in Bournemouth. Emily kam erst am Montag, das war der 7. April, nach Eastbourne. Sie wohnte im Kenilworth Court Hotel.

Ich holte am 11. April die Hausschlüssel von Mister Muir und Emily kam dann am 12. April dazu. Emily hatte alle Kleider im Hotel. Sie hatte am 7. April bereits ihr Zimmer im Green Cross Club in London gekündigt und geräumt.

Wir gingen in den Bungalow und blieben dort bis zu diesem tragischen Mittwoch. Am Mittwochmorgen fuhren wir nach London und Emily gab Post auf. Wir kamen am Abend zurück nach Eastbourne und da ist es passiert. Am folgenden Tag fuhr ich nach London."

„Am Donnerstag, den 17. April?"

„Ja, am 17. April… Das kann Ihnen bestätigt werden… Ich will aber eigentlich nicht jemand anderes in diese Sache hineinziehen."

Savage stutzte.

„Wen wollen Sie nicht in die Sache hineinziehen, Mister Mahon?"

Mister Mahon schwieg für einen kurzen Augenblick, als müsste er noch einmal über seine Geschichte nachdenken.

„Also, gut. Ich traf am 10. April eine junge Dame in Richmond… Die Frau heißt Ethel Duncan. Ich begleitete Miss Duncan nach Hause. Es regnete und sie war bis auf die Haut durchnässt. Ich bot ihr meinen Regenschirm an und brachte sie nach Hause. Sie ist keine Prostituierte. Sie wohnt in Isleworth. Sie erzählte mir ihre Geschichte. Sie war verheiratet… Wir verabredeten uns für den 17. April in London."

„So ein Zufall.", raunte Savage.

„Ich hatte einen Geschäftstermin in der Stadt, Sir. Ich weiß, wie sich das für Sie anhören muss. Aber… Meine Frau… Ist heute der 3. Mai?"

„Ja."

„Sie muss heute ins Krankenhaus. Sie muss sich einer Operation unterziehen… Ich dachte, der Bungalow wäre nach der Operation eine schöne Überraschung für sie. Seit diesem verdammten Mittwoch… Ich dachte, ich muss was machen. Wenn meine Frau den Körper gefunden hätte…"

„Könnten wir bitte auf Miss Duncan aus Richmond zurückkommen, Mister Mahon?"

„Ich dachte, ich tue diesem Mädchen aus Richmond etwas Gutes. Ich lud Miss Duncan am 17. April über Ostern in den Bungalow ein. Das Gästezimmer hatte ich gut verschlossen, aber Miss Duncan reinigte penibel die gesamte Wohnung. Das machte mich nervös. Ich fuhr mit ihr ein paar Tage später nach London zurück und brachte sie nach Hause."

„Wann kam Miss Duncan genau zu Ihnen und wann luden Sie sie in den Bungalow ein, Mr. Mahon?"

„Ich schickte ihr am Donnerstag ein Telegramm."

„Am 17. April? Aus London?"

„Ja, am 17. April. Ich schickte das Telegramm am Abend aus Eastbourne, als ich aus London zurückkam, wo ich mich mit ihr mittags zum Essen getroffen hatte. Ich glaube, ich habe geschrieben: *An Miss Ethell Duncan, 55, Worple Avenue, Isleworth, aus Eastbourne, hole Sie am morgen vom Bahnhof Eastbourne ab.*"

„Und Miss Duncan kam tatsächlich nach Eastbourne?"

„Ja, sie kam am Karfreitag."

„Am 18. April? Exakt an dem Tag, an dem Sie damit begonnen hatten, Miss Kaye zu zerteilen?"

„Ja, Sir."

„Verdammt noch mal!", entfuhr es Savage, der nicht mehr an sich halten konnte. „Sie teilten über Ostern das Schlafzimmer mit dieser Frau, in der ein paar Tage zuvor noch Miss Kaye mit Ihnen genächtigt hat?"

„Ja.", sagte Mahon kleinlaut.

„Himmelherrgott nochmal!", fauchte Savage wütend.

„Ja, Sir."

„Wann reiste Miss Duncan ab?", fragte Savage schroff weiter.

„Sie fuhr am Ostermontag zurück. Ich habe ihr nicht anvertraut, was im Haus geschehen war. Sie sah ein paar Frauensachen und ich erzählte ihr, meine Frau sei hier gewesen. Ich dachte, ich tue Miss Duncan einen Gefallen... Es war alles so grauenhaft... Ich musste sie schleunigst loswerden."

„Wie gelang Ihnen das?"

„Ich fuhr am Samstag, das war der 19. April, zum Pferderennen nach Plumpton. Von dort schickte ich ein Telegramm an mich selbst... in den Bungalow."

„Was schrieben Sie in diesem Telegramm?"

„Ich schickte mir eine erfundene Nachricht eines Geschäftsfreundes. In ihr stand, dass ich am Dienstag nach Ostern unbedingt nach London kommen müsse. Wie ich bereits sagte, nahm ich Miss Duncan am Montag mit nach London. Wir trennten uns dort und ich fuhr zurück nach Eastbourne, wo ich dann Emily weiter..."

Mister Mahon holte tief Luft, bevor er weitersprach.

„Ich benutzte die Seidenkleider und das Seidentuch, um die Fleischstücke einzuwickeln. In den Tagen nach Ostern fuhr ich immer wieder in den Bungalow und holte Teile von Emily aus dem Haus."

„Warum haben sie Miss Kaye nicht einfach irgendwo in den abgelegenen Crumbles begraben oder ihre Leiche ins Meer geworfen? Warum zerstückelten Sie Miss Kaye?"

„Ich weiß es nicht, Sir. Ich kann es Ihnen nicht erklären. Ich kann es nicht einmal mir erklären, Sir… Ich möchte jetzt einen Anwalt sprechen, bitte."

„Ja, das sollten Sie tun, Mr. Mahon. Ich habe nur noch eine einzige Frage an Sie. Hat es sich wirklich so zugetragen, wie Sie es uns hier schildern? Wenn es so war und Sie nichts hinzuzufügen haben, wird Inspektor Hall das Protokoll beenden, abschreiben und Ihnen zur Unterschrift vorlegen."

Mister Mahon antwortete Savage ohne zu zögern.

„Ja, Sir, genau so hat es sich zugetragen."

Savage war sich sicher, dass Patrick Herbert Mahon im Verlauf seines Geständnisses mehrfach gelogen hatte. Mahon hatte die Tat seiner Meinung nach nämlich derart geschickt geschildert, dass für ihn vor Gericht unter dem Strich kein Mord, sondern nur ein Totschlag herauskommen würde.

Mahon hatte sich aus seiner Sicht jedoch um Kopf und Kragen geredet. Er hatte Savage mit einer einzigen unbedachten Aussage auf eine Fähr-

56

te gebracht. Wenn sich der Verdacht des Chef-Inspektors bestätigen sollte, war der Fall eindeutig gelöst und der der Täter war überführt!

Siebtes Kapitel

Samstag, 03. Mai 1924; 09:00 Uhr
Pevensy Bay; East Sussex; Südengland

Nach dem grausigen Geständnis setzte die eigentliche Polizeiarbeit ein, die für Savage im Grunde nicht mehr schwer war. Zuviel hatte Patrick Herbert Mahon dem Chef-Inspektor bereits verraten.

Bevor Savage am frühen Samstagmorgen unausgeschlafen und unrasiert sein Büro verließ, schickte er Constable Thompson in die Eisenwarenhandlung in der Victoria Street und setzte Sergeant Frew auf Emily Beilby Kaye an, über die er, außer dass sie in der Blüte ihres Lebens einen äußerst brutalen Tod gefunden hatte, zu diesem Zeitpunkt nahezu nichts wusste.

Wo war sie geboren? Was hatte sie gemacht? Wo hatte sie in London gewohnt? Hatte sie Freunde? Machten sich nahe Verwandte Sorgen um sie? Wie waren ihre Vermögensverhältnisse? Das waren alles ungeklärte Fragen, auf die Savage unbedingt eine Antwort brauchte.

Kurz vor 7 Uhr machte er sich dann mit Inspektor McBride, dem Fotografen des New Scotland Yard, und Inspektor Hall auf den Weg nach Pevensy Bay. Zwei Stunden später standen sie mit einem guten Dutzend Polizisten aus Eastbourne, angeführt von Superintendent Sinclair, vor der verschlossenen Tür eines weiß getünchten Bungalows, der einst der Küstenwache gehört hatte.

Eine kleine Mauer trennte den Hof und den Garten des Hauses in Richtung Meer vom Strand ab. Das gepflegte Haus lag am Ende der Wallsend Road und die nächste Siedlung war weit weg. Einen romantischeren Platz für eine verbotene Liebesbeziehung und einen besseren Ort für einen Mord konnte man sich nicht aussuchen.

Die Sonne ging auf und die Polizisten blickten nervös auf das ruhige Wasser des Ärmelkanals. Niemand wollte den Anfang machen, und das Grundstück betreten. Schließlich bereitete Savage der unangenehmen Situation ein Ende. Er griff beherzt in seine Hosentasche und förderte ein Schlüsselbund zu Tage. Zielsicher fand er den riesigen Cumbersome-Schlüssel und öffnete die Eingangstür.

Sofort strömte den Polizisten ein grauenhafter Schlachthofgeruch entgegen. Zwei junge Beamte schlugen sich unverzüglich in die Büsche.

Mahon hatte noch in der Nacht eine Skizze des Bungalows angefertigt und so kannte sich Savage bereits ein wenig aus. Zielstrebig gingen er, Inspektor McBride und Inspektor Hall ins Gästezimmer des kleinen Hauses, das direkt neben dem vorderen Wohnzimmer lag und das man durch die Eingangstür als erstes betrat. In diesem angrenzenden Schlafraum vermuteten die drei Detektive die sterblichen Überreste des Opfers.

Die Tür war gut verschlossen. Das einbruchsichere Schloss war neu, doch der passende Schlüssel befand sich ebenfalls am Schlüsselbund. Savage hielt die Luft an, als der den Schlüssel im Schloss drehte. Der Schlüssel ließ sich leicht drehen und mit einem metallischen Schnappen sprang der Riegel schließlich zurück. Die Tür war offen.

Inspektor Hall schluckte schwer und steckte sich hastig eine Zigarette an, während McBride teilnahmslos vor sich hin starrte. Savage blickte seinen Männern mit versteinerter Miene ins Gesicht.

„Also gut, Männer. Dann wollen wir mal...", sagte er und stieß die Tür mit dem rechten Fuß auf.

Durch die zugezogenen Vorhänge fiel nur wenig Licht in den Raum. Als sich die Augen der Ermittler an das Halbdunkel gewöhnt hatten, wurden erste Gegenstände sichtbar. Von der Anwesenheit einer Leiche war jedoch, abgesehen von einem deutlich wahrnehmbaren Verwesungsgeruch, absolut nichts zu sehen.

Die drei Männer erkannten nur das gewöhnliche Mobiliar eines Schlafzimmers und eine sehr große Truhe, die an der linken Wand stand. Savage trat näher an das Gepäckstück heran und betrachtete die Schließen, an denen deutlich die Initialen E.B.K. prangten; diese Truhe hatte zu Lebzeiten mit Sicherheit Emily Beilby Kaye gehört.

Was die Truhe enthielt, wollte Savage erst einmal lieber nicht wissen. Er ließ sie daher links liegen und drehte sich, um die gegenüberliegende Raumseite zu betrachten.

Neben dem Bett, das ein schmales Einzelbett war, stand ein geräumiger Seesack, den jemand mit einem gewaltigen Yale-Vorhängeschloss verschlossen hatte. Hinter dem Seesack lag eine große, braune Hutschachtel aus Leder auf dem Boden. Im Raum standen zudem fünf offene Dosen eines frei verkäuflichen Desinfektionsmittels.

Savage wandte sich der kleinen Hutschachtel hinter dem Seesack zu. Die Schachtel schien ihm am harmlosesten zu sein. Er beugte sich zu ihr hinunter und sah etwas unter einem Stuhl liegen, der rechts neben dem Kamin stand. Dieser Gegenstand zog sofort seine ganze Aufmerksamkeit auf sich.

Unter einem Stuhl lag eine große Säge, wie Mahon sie ihm in der vergangenen Nacht bei seinem Geständnis beschrieben hatte. Savage machte zwei schnelle Schritte durch den Raum und bückte sich.

*

Ein gellender Schrei schallte durch das Schlafzimmer!

„Liegenlassen! Keine Bewegung, Savage!"

Savage fuhr hoch und bekam dabei beinahe einen Hexenschuss. Inspektor Hall fiel die Zigarette aus dem Mund, während McBride noch immer teilnahmslos vor sich hin starrte. Erschreckt sah

sich Savage um und erblickte einen wütend drein-
schauenden Doktor Spilsbury, der mit seiner Assistentin Misses Bainbridge den gesamten Türrahmen ausfüllte.

„Doktor Spilsbury, ich habe Sie gar nicht kommen hören.", stammelte der Chef-Inspektor.

„Das ist auch gut so, Savage! Was hatten Sie gerade vor?"

Savage spürte, wie ihm das Blut ins Gesicht
schoss.

„Nun, ein Beweismittel, Doktor… Die Säge… Ich
wollte…"

Doktor Spilsbury trat in den Raum. Er drehte
sich langsam um seine eigene Achse und breitete
die Arme aus.

„Jeder Mörder lässt etwas am Tatort zurück,
Chef-Inspektor. Diese Beweismittel gilt es zu si-
chern und Ihren Dreck von den Händen kann ich
an diesen Beweismitteln beim besten Willen nicht
gebrauchen."

Savage klappte der Unterkiefer herab, während
ihn der Gerichtsmediziner strafend anschaute.

„Wo sind außerdem Ihre Handschuhe, Chef-
Inspektor? Scheren Sie sich schleunigst hier raus
und holen Sie sich gefälligst Gummihandschuhe!
Dann können Sie gerne zurückkommen und mir
bei der Arbeit zusehen, sofern Sie mir und meiner
Assistentin dabei nicht im Wege stehen."

Savage schluckte trocken und verschwand ohne
ein weiteres Wort, um sich die geforderten Handschuhe zu besorgen.

„Und Sie Inspektor Hall, was machen Sie hier?"

„Ich…"

„Sie rauchen am Tatort! Sind Sie wahnsinnig, Sie Tölpel?"

„Ich bin nervös, Sir. Ich dachte…"

„Verschonen Sie uns mit Ihren Gedanken, Inspektor. Verschwinden Sie sofort aus dem Haus und verpesten Sie vor der Tür die frische Seeluft mit ihrem Kraut. Ich muss hier riechen können."

Inspektor McBride fühlte plötzlich ein Licht am Ende des Tunnels auftauchen. Er erwachte endlich aus seiner minutenlangen Lethargie und räusperte sich vorsichtig.

„Darf ich auch verschwinden, Sir?"

Misses Bainbridge fuhr Doktor Spilsbury in die Parade.

„Das ist eine ganz hervorragende Idee, Inspektor McBride. Bevor Sie uns jedoch gänzlich aus den Augen treten, habe ich einen Auftrag für Sie. Tragen Sie bitte den Küchentisch aus dem Nebenraum ins Freie. Der Doktor braucht Licht bei seiner Arbeit und das hat er hier drinnen beileibe nicht. Danach können Sie Inspektor Hall vor der Tür gerne Gesellschaft leisten."

Doktor Spilsbury nickte beipflichtend.

„Nehmen Sie es sich nicht zu Herzen, lieber McBride, doch ich dulde hier im Haus und im Hof nur den Chef-Inspektor und Misses Bainbridge."

„Jawohl, Sir. Das geht absolut in Ordnung, Sir.", antwortete McBride erleichtert. „Ich bin schon weg."

Achtes Kapitel

Samstag, 03. Mai 1924; 17:00 Uhr
Pevensy Bay; East Sussex; Südengland

Savage stand im kleinen Hof am Küchentisch in der Frühlingssonne und blickte, insoweit er überhaupt an dem großen Mann vorbeischauen konnte, dem Doktor seit Stunden über die Schulter.

Niemand hatte den Tag über den Hof betreten dürfen, was den anwesenden Constables und Inspektoren mehr als Recht gewesen war. Savage hätte sich nur zu gerne zu ihnen gesellt.

Die ekelerregende Arbeit schien kein Ende zu nehmen. Doktor Spilsbury und Misses Bainbridge arbeiteten nahezu wortlos und ohne Unterbrechung verbissen an der Lösung eines menschlichen Puzzles, das sich ihnen nach der genauen Durchsicht sämtlicher Räume des Hauses und der darin befindlichen Töpfe, Pfannen, Truhen und Schachteln geboten hatte. Endlich waren Sie damit fertig. Doktor Spilsbury setzte seine Nickelbrille ab und blickte Savage ernst an.

„Ich muss gestehen, Chef-Inspektor, dass ich so etwas noch nie zuvor gesehen habe.", sagte der Doktor ernst

Savage wischte sich den Schweiß von der Stirn.

„Mir geht es ebenso, Doktor."

„Grausam, aber auch sehr aufschlussreich, Savage."

„Was haben Sie herausgefunden, Sir?"

„Diese Frau ist tot!"

Savage verschlug es die Sprache.

„Das ist mehr als sicher, Sir, aber…"

Doktor Spilsbury schüttelte amüsiert den Kopf und deutete auf seine Assistentin, die mit Notizblock und einem gezückten Bleistift hinter Savage stand.

„Dass diese Frau tot ist, erkennt sogar ein Blinder mit einem Krückstock. Ich rede aber nicht mit Ihnen, Savage. Ich erwähne diese unumstößliche Tatsache lediglich laut und deutlich für das Protokoll."

„Oh, Entschuldigung. Ich stehe im Augenblick wohl ein wenig neben mir, Sir."

„Ja, vermutlich. Wenn Sie ebenfalls mitschreiben wollen, werter Chef-Inspektor, sollten Sie nunmehr zu Ihren Schreibunterlagen greifen. Ich werde Misses Bainbridge nämlich diktieren, was ich herausgefunden habe."

Savage zückte ebenfalls Papier und Bleistift. Doktor Spilsbury erklärte ihnen unverzüglich, was er in den letzten Stunden entdeckt hatte.

„Auf einer angerosteten Knochensäge, die wir im Gästezimmer unter einem Stuhl neben dem Kamin fanden, und die der werte Chef-Inspektor beinahe unbedacht berührt hätte, befanden sich Blut und eine schmierige Substanz und zwischen den Zähnen der Säge außerdem ein paar Fleischreste. Bei der Säge handelt es sich übrigens um einen Fuchsschwanz, wie er oft von Schlachtern benutzt wird."

Savage räusperte sich verlegen, während Doktor Spilsbury unbeirrt fortfuhr.

„In diesem Schlafraum und in weiteren Räumen des Hauses sowie in einer Truhe und in verschiedenen Koffern, Säcken und Schachteln entdeckte ich diverse Kleidungsstücke einer Frau. Alle Teile waren schmierig und blutig und teilweise mit einer Schicht aus Kohlenstaub überzogen."

Doktor Spilsbury machte eine kurze Pause und Savage holte tief Luft.

„An einem kesselförmigen Kohleneimer, der sich im Esszimmer befand, entdeckte ich zwei winzige Blutspritzer. Daneben stand eine Untertasse mit erstarrtem Fett. Ein großer Topf neben der Feuerstelle im selben Raum war halbvoll mit einer rötlichen Flüssigkeit und einer dicken Fettschicht auf der Oberfläche gefüllt. Dieser Topf enthielt ein Stück gekochtes Menschenfleisch, an dem noch die Haut haftete."

Der Chef-Inspektor ließ den Bleistift sinken. Er kämpfte mit seiner Übelkeit

„Entschuldigen Sie, dass ich Sie unterbreche, Sir. Geht es in dieser Art weiter, Doktor?"

„Ich wünschte, ich könnte uns allen das hier ersparen, lieber Savage. Ich kann es leider nicht."

Savage nickte unglücklich.

„Das habe ich befürchtet, Sir. Fahren Sie bitte fort, auch wenn ich eine Woche lang keinen Bissen mehr herunterbekommen werde."

„Wo war ich? Ach ja, am Metallrand des großen Kochtopfes fand ich erstarrtes Fett. In und an einem zweiten Topf und im Badezimmer an der Badewanne und im Waschbecken ebenfalls.

In einer Hutschachtel neben dem Bett im Gästezimmer entdeckte ich verschmutzte Kleidung und exakt 37 Fleischstücke, allesamt geschnitten oder gesägt. Alle Teile sind menschlicher Herkunft und wurden offenbar gekocht.

Die große Truhe im Gästezimmer enthielt vier große Stücke eines menschlichen Körpers, die jedoch nicht gekocht waren. Auf einem dieser Stücke, ein übrig gebliebenes Teil der Brust und der Schulter gab es einen deutlich erkennbaren Bluterguss über dem Schulterblatt. Vermutlich als Ergebnis eines Schlages, der dem Opfer vor dem Tod zugefügt wurde. Ich fand ebenfalls eine große Keksdose, die verschiedene Organe enthielt..."

Savage unterbrach den Rechtsmediziner erneut.

„Wie wichtig das alles für Ihr Protokoll sein mag, Doktor. Ich kann nicht mehr. Bitte hören Sie auf mit Ihrem Bericht."

Doktor Spilsbury lächelte säuerlich.

„Wenn das so ist, Savage. Sie müssen es wissen. Am Ende müssen Sie meinen Bericht so oder so lesen."

„Ja, aber in meinem Büro und in der Nähe der Toiletten."

„Gut, wir hören hier auf und packen unverzüglich zusammen. In ein paar Minuten können wir zurück nach London fahren. Ich muss dort schließlich noch einen Körper für sie zusammensetzen und einen Bericht schreiben. Allerdings…"

Savage zuckte zusammen.

„Was denn noch, Sir?", fragte Savage gereizt.

„Wir sollten auf dem Rückweg einen kurzen Halt im Kenilworth Court Hotel in Eastbourne einlegen."

„Was wollen Sie im Kenilworth Court Hotel?", fragte Savage.

„Miss Kaye hat dort gewohnt.", gab der Doktor zur Antwort.

„Wie kommen Sie darauf, Doktor? Ach, ja, richtig. Mahon hat es mir gesagt."

„Sehen Sie, Savage. Und ich habe in der Truhe einen Notizzettel dieses Hauses gefunden. Das Hotel ist also für Ihre Ermittlungen von Interesse."

Savage nickte wortlos. Er hatte keine Kraft mehr, den Geistesblitzen des Doktors zu antworten; ihm war seit wenigen Minuten speiübel und er musste noch Lieutenant-Colonel Ormerod von der Polizei in East Sussex anrufen und von den Funden in Kenntnis setzen. Hoffentlich hatte der Lieutenant nicht allzu gut zu Mittag gegessen.

*

Das Kenilworth Hotel am Wilmington Square war ein kleines, weißes Stadthaus im viktorianischen

Stil. Das Haus war eindeutig keine Luxusherberge, aber auch keine billige Absteige.

Savage erklomm langsam die steilen Stufen zur Eingangstür. Er war noch immer wie benommen von den unappetitlichen Ausführungen des Doktors, und kam nur mit Mühe wieder zu sich. Die Übelkeit hatte sich glücklicherweise ein wenig gelegt.

Savage betrat die geräumige Eingangshalle des Hotels und sah sich um. Wo er auch hinschaute, überall herrschten weißer Marmor und goldene Elemente vor. Schwere Seidentapeten zierten die Wände und dicke Teppiche dämpften jeden Schritt.

Der Empfangschef hatte ihn beim Eintreten selbstverständlich sofort erspäht und winkte ihn hektisch an die Rezeption.

„Sind Sie von der Polizei, Sir? Wir haben Sie bereits erwartet, Sir. Es geht sicher um Miss Kaye. Was kann ich für Sie tun?"

Savage konnte dem Wortschwall des Mannes geistig kaum folgen. Er war müde und hungrig.

„Ich bin Chef-Inspektor Percy Savage von Scotland Yard. Was können Sie für mich tun, Sir."

„Ich?"

„Ja, Sie! Ich nehme an, Sie wollen mir etwas über Miss Kaye und ihren Aufenthalt in Ihrem Haus berichten, oder irre ich mich?"

„Ja, natürlich… Ich dachte nur, Sie würden mir Fragen stellen? Läuft das normalerweise nicht so, Sir?"

„Normalerweise läuft das so. Heute ist mir aber nicht danach. Fragen stelle ich heute nur in meinem Büro in London am Victoria Embankment, werter Mann. Wenn Sie mir dorthin folgen wollen?"

„Nein, Sir… Wenn es sich vermeiden lässt… Nicht unbedingt, Sir."

„Gut, dann los! Sie haben die Antworten, die ich brauche. Warum sollte ich mir da die Mühe machen, mir Fragen auszudenken? Ich höre!"

Savage lächelte zuckersüß während der Empfangschef seine sämtliche Gesichtsfarbe verlor.

„Nun, ähm… Miss Kaye war vom 7. April bis zum 12. April Gast in unserem Haus. Ich kann mich deutlich an sie erinnern. Sie war groß, sportlich, hatte kurzes blondes Haar. Miss Kaye trug oft geschlossene graue Schuhe und sehr gerne ein grünes Kostüm und einen dunklen Mantel. Die Sachen passten so gar nicht zu ihrer äußeren Erscheinung."

„Was stimmte denn nicht mit der Kleidung?"

„Nun, Miss Kaye war eine junge Frau von höchstens 40 Jahren, oder irre ich mich?"

Savage gab keine Antwort.

„Nun, sie kleidete sich wie eine Gouvernante. Sie verstehen, Sir?"

Savage verstand kein Wort. Die Übelkeit kam wieder. Er wurde langsam unruhig.

„Ich verstehe Sie nur bedingt, Sir. Fahren Sie bitte fort."

„Ähm, wie auch immer. Miss Kaye bat mich am Abreisetag darum, eingehende Post für sie an ein Postfach in Paris zu schicken."

„Wollte sie nach Frankreich?"

„Das hat sie mir nicht gesagt, Sir. Ist das wichtig, Sir?"

„Und weiter?", fragte Savage, ohne auf die Nachfrage des Portiers einzugehen.

„Miss Kaye war noch einmal im Hotel und hat nach Post gefragt."

„Wann war das?"

„Am frühen Morgen... am 15. April... Ich..."

Die letzten Worte hörte Savage bereits nicht mehr. Er rannte aus dem Hotel, nahm zwei Stufen auf einmal und hastete am Fußende der Treppe um die Ecke, um sich zu übergeben.

Neuntes Kapitel

Sonntag, 04. Mai 1924; 14:00 Uhr
St. Bartholomew's Hospital; London

Savage verbrachte den ganzen Sonntag damit, sich und seine Mitarbeiter durch London zu scheuchen. Am frühen Vormittag suchte er persönlich Mister George Bell Muir, den Vermieter des Bungalows, auf und hörte Erstaunliches.

„Bei mir war kein Mister Mahon, Sir. Der Mann, der den Bungalow mietete, nannte sich Patrick Waller, Sir."

„Waller?", hakte Savage verwundert nach.

„Ja, Sir. Der Mann sagte, er sei Mitarbeiter der British Empire Ausstellung, die am 23. April ihre Pforten geöffnet hat. Er mietete den Bungalow für sich und seine Frau, die sehr viel Ruhe benötigte."

Savage kramte ein Foto von Mahon aus der Tasche und zeigte es dem Mann.

„Ja, Sir, das ist er! Das ist Patrick Waller, Sir…. Ich habe Mister Waller übrigens noch einmal getroffen, Sir."

„Wann und wo, Mister Muir?"

„Das war am 12. April, hier in London, Sir."

„Wo trafen Sie ihn genau, Mister Muir?"

„In der Victoria Street. Mister Waller war dort einkaufen… Bei Staine's, glaube ich."

Savage horchte auf. Schließlich bedankte er sich zufrieden und ließ Mister Muir allein.

Am Nachmittag besuchte er Jessie Mahon im St. Bartholomew's Hospital in der Bow Road, um die junge Frau persönlich von der Verhaftung ihres Mannes sowie von dessen grausigen Geständnis in Kenntnis zu setzen.

Der Chef-Inspektor betrat den Krankensaal, in dem Misses Mahon zusammen mit zehn weiteren Frauen lag. Die Betten rechts und links von ihr waren zum Glück nicht belegt. Misses Mahon war jedoch nicht allein.

Als sie Savage beim Hereinkommen erkannte, schickte sie Patricia, die zehn jährige Tochter der Mahons, sofort aus dem Raum. Sie richtete sich halb in ihrem Bett auf und blickte ihn fragend an. Savage seufzte.

„Es tut mir Leid, Misses Mahon. Wir haben Ihren Mann verhaftet."

Die junge Frau reagierte sehr gefasst, wenn auch ein wenig schuldbewusst, auf die schlechte Nachricht.

„Oh, das ist eine schlimme Sache, Sir. Das habe ich nicht gewollt."

„Was haben Sie nicht gewollt?"

„Die Sache mit den verdammten Wetten…"

„Ihr Mann hat einen Mord begangen, Ma'am. Da geht es um mehr, als nur um ein paar lächerliche Wettschulden."

„Wen hat er ermordet? Seinen Buchmacher?"

„Nein, eine junge Frau."

„Wie bitte?", fragte Misses Mahon entsetzt.

„Es tut mir leid, Ma'am."

„Ich hätte mit ihm reden müssen, anstatt direkt zur Polizei zu gehen."

„Sie haben nur Ihre Pflicht getan, Misses Mahon."

„Ja, ich habe nur meine Pflicht getan... Wird er wegen Mordes an der jungen Frau angeklagt? Bitte sagen Sie es mir. Er ist doch mein Mann, Sir. Was soll aus unserer Tochter werden? Ich habe meinen Mann verraten, oder?"

Savage schaute Jessie Mahon eindringlich in die Augen und schwieg. Was sollte er ihr antworten? Er wusste es nicht.

„Ich habe ein paar Fragen an Sie. Es geht schnell. Ich lasse Sie bald wieder allein, damit Sie sich ausruhen können."

Misses Mahon nickte müde.

„Fragen Sie, Sir. Wenn es meinem Mann hilft."

„Danke, Ma'am."

Savage setzte sich auf die Bettkante und stellte ein paar belanglose Routinefragen. Misses Mahon beantwortete sie gewissenhaft, wusste aber nichts wirklich Interessantes zu berichten. Bereits nach einer halben Stunde fuhr er mit Inspektor Hall zurück zu Scotland Yard.

*

Der Chef-Inspektor hatte wieder einmal schlechte Laune. Als er gegen 18 Uhr ins University College

Hospital fuhr, war seine Beklemmung noch etwas größer, als am Freitagabend. Ihn erwartete schließlich ein menschliches Puzzle auf dem Seziertisch des Gerichtsmediziners.

Savage lag richtig mit seiner Vermutung. Doktor Spilsbury blickte nur kurz von seiner makabren Arbeit auf, als Savage den Raum betrat.

„Oh, guten Abend, Chef-Inspektor. Was verschafft mir die Ehre Ihres Besuches?"

„Nun… Ich… Haben Sie etwas Neues für mich, Doktor?"

Spilsbury bemerkte die Unsicherheit seines Gastes. Er stand auf, wusch sich die Hände und kam auf Savage zu, der noch immer abwartend im Türrahmen stand.

„Lassen Sie uns in mein Büro gehen, Savage. Dort können wir ungestört reden."

„Danke, Doktor."

Der Doktor setzte sich an seinen schweren Schreibtisch. An der Stirnseite des Tisches stand ein Totenschädel, der zum Besucherstuhl ausgerichtet war, und jeden dort sitzenden Gast frech angrinste. Savage zog eine Zigarette aus seinem verbeulten Etui und zündete sie sich an. Doktor Spilsbury warf ihm einen strafenden Blick zu, sagte jedoch nichts.

„Ich bin ebenfalls neugierig, Savage. Was gibt es bei Ihnen Neues?"

Savage inhalierte tief und blies eine dicke bläuliche Rauchwolke in den Raum, bevor er sich kerzengerade hinsetzte und eine säuerliche Miene machte.

„Mister Mahon hat sich mehrfach geirrt, Doktor."

„So, hat er das?"

Savage nickte.

„Ja, er hat mich gestern Abend um 8 Uhr rufen lassen, um mir offen zu gestehen, dass er sich im Datum und in der Uhrzeit geirrt hätte."

„Sie meinen sicherlich den Tag des Streites mit Miss Kaye?"

„Richtig, Doktor, aber er hat sich nicht nur bei diesem Datum geirrt."

„Oha!"

„Der Streit mit Miss Kaye fand nach seiner neuen Aussage bereits am 15. April statt und nicht erst einen Tag später am 16. April."

„Und das Treffen mit dieser Miss Duncan?"

„Dieses Treffen fand am 16. April statt und nicht am 17. April, wie Mahon uns in seinem Geständnis gesagt hat."

„Verwirrend, Savage."

„Ja, in der Tat. Es passt aber alles, wie ich Ihnen gleich beweisen werde."

„Haben Sie das Datum überprüft?"

„Ja, Mahon hatte am 16. April einen Geschäftstermin in London. An diesem Tag hat er sich mit Miss Duncan getroffen und am 17. April ist er alleine zurück nach Eastbourne gefahren. Der Rest, also die Zerstückelung der Leiche, verlief zeitlich wie bekannt."

„Ah.", antwortete Spilsbury einsilbig.

„Der Mord an Miss Kaye passierte also bereits am Dienstag und nicht erst am Mittwoch."

„Welcher Mord? Sie wissen doch gar nicht, ob es ein Mord war, Savage.", warf der Doktor ein.

„Natürlich war es Mord!"

„So?"

„Wie auch immer, Doktor… Mahon hat sich übrigens auch in der Zeit geirrt."

„So, hat er das, Savage?"

„Ja, denn der verhängnisvolle Streit am 15. April begann nicht gegen Mitternacht, sondern bereits zwischen neun und zehn Uhr abends. Und auch nicht im Bungalow, sondern bereits im Zug… Mahons Gedächtnis ist nicht gerade hervorragend, oder?

„Ach, das würde ich so nicht sagen, Savage. Wissen Sie noch, was Sie letzte Woche Montag zu Mittag gegessen haben?"

„Nichts, wie immer! Ich komme fast nie dazu, zu Mittag zu essen."

„Egal, Savage!", knurrte Spilsbury. „Ich will darauf hinaus, dass Mister Mahon eine temporäre Denkblockade hat. Das ist völlig normal in einer Stresssituation."

„Wenn Sie es sagen, Doktor."

„Ja, das sage ich… Schickte er dieser Miss Duncan wirklich ein Telegramm?"

„Ja."

„Auch einen Tag früher?"

„Nein, das schickte er tatsächlich am 17. April aus Eastbourne. Der Text des Telegramms und das Sendedatum stimmen überein."

„Woher kannte Mister Mahon diese Miss Duncan eigentlich?"

„Er hat Miss Ethel Duncan am 10. April durch Zufall in Richmond, seinem Wohnort, kennengelernt und sich mit ihr für den besagten 16. April in der Stadt zum Dinner verabredet. Wir müssen das noch prüfen lassen."

„Sehr Interessant! Mister Mahon hat Glück bei den Frauen, wie mir scheint."

„Sie sagen es, Doktor. Mahon hatte am Tattag eine kranke Ehefrau und zwei kerngesunde Geliebte; eine in Eastbourne und eine in London. Das macht ihn zu einem Schürzenjäger erster Klasse, der darüber hinaus ein hervorragendes Mordmotiv hat."

„Ein Mordmotiv, sagen Sie? Welches Mordmotiv, Chef-Inspektor?"

„Nun, Mister Mahon wurden die Frauen zu viel."

„Blödsinn, Savage! In der Regel entledigen sich Schürzenjäger ihrer ungeliebten Ehefrauen und nicht ihrer Geliebten. Zumindest liegen unter dem Jahr mehr tote Ehefrauen auf meinem Tisch im Labor, als tote Geliebte."

„Aber…"

„Nein, nein, Savage. Ich befürchte, Sie versteifen sich da in eine Sache, die so nicht stimmt. Mister Mahon unterhielt zwar, so wie er Ihnen gegenüber gestern Abend offen zugab, Beziehungen zu drei Frauen gleichzeitig. Das ist sicher moralisch fragwürdig, doch ein Mordmotiv sehe ich da noch lange nicht. Sie sollten zum jetzigen Zeitpunkt Ihrer Ermittlungen vielmehr das Unmögliche annehmen und solange forschen, bis das Unmögliche bewiesen ist und zum Möglichen wird…"

„Oder das Mögliche bestätigt wird, was ich Ihnen bereits jetzt schriftlich geben könnte."

„Nicht so eilig, lieber Chef-Inspektor. Sie sollten besser noch einmal in sich gehen. Es könnte alles anders sein. Es ist nicht immer wie es scheint."

„Wie ist es denn gewesen?"

„Ich weiß es nicht. Forschen Sie einfach solange nach, bis das Unmögliche bewiesen ist."

„Und wie soll denn das unmögliche Ihrer Meinung nach aussehen?"

„Keine Ahnung. Das ist Ihre Sache, Savage."

„Toll!"

„Ich will Ihnen nur sagen, dass Sie keine voreiligen Schlüsse ziehen sollten, Savage."

Savage kniff die Augen zusammen und schaute den Gerichtsmediziner fragend an.

„Ich werde es mir durch den Kopf gehen lassen, Doktor und dennoch habe ich unumstößliche Beweise für seine Schuld."

Spilsbury schüttelte amüsiert den Kopf.

„Sie können es nicht lassen… Dann mal raus mit der Sprache!"

„Mahon sagte mir, dass er nach dem Treffen mit Miss Duncan zurück nach Eastbourne gefahren sei."

„Ja, und?"

„Er gab an, am 17. April bei Staine's in der Victoria Street das Messer und die Säge gekauft zu haben."

„Das hat er aber nicht, oder?"

„Nein! Wir haben mittlerweile herausgefunden, dass Mister Mahon die Werkzeuge bereits am Morgen des 12. April kaufte. Er wurde an diesem Tag in der Victoria Street von einem Zeugen, einem gewissen Mister George Bell Muir, gesehen. Mister Muir hatte ihm ein paar Tage zuvor im Auftrag der Besitzerin, einer gewissen Misses Hutchinson, den Bungalow in den Crumbles vermietet. Mister Muir hat den Verdächtigen gegen Mittag in der Victoria Street gesehen und sprach sogar mit ihm."

„Das beweist gar nichts. Vielleicht hatte er nicht genug Messer im Bungalow."

„Ja, oder er hatte nicht alle Tassen im Schrank… Nein, er hat den Tod von Miss Kaye Tage vorher geplant."

„Wieso versteifen Sie sich darauf, Savage?"

„Weil er gegenüber Mister Muir bereits bei der Anmietung des Bungalows einen falschen Namen genannt hat. Er nannte sich Patrick Waller."

„Das hat gar nichts zu sagen, Savage. Manchmal machen Menschen die merkwürdigsten Dinge."

„Bei Mister Mahon häufen sich die Merkwürdigkeiten aber gewaltig, Doktor."

„Vielleicht… Haben Sie Mister Mahon mit der Aussage von Mister Muir konfrontiert?"

„Selbstverständlich, Doktor."

„Wie hat er darauf reagiert?"

„Sehr ruhig und gelassen. Mahon antwortete mir, dass die Aussage von Mister Muir durchaus stimmen könne. Er könne sich durchaus an das Zusammentreffen mit dem Mann erinnern, aber nicht mehr an das genaue Datum. Einen Grund für den falschen Namen nannte er mir nicht."

„Er leugnet also im Grunde nichts, obwohl ihn gerade die Aussage des Vermieters voll und ganz belastet? Das ist seltsam. Warum macht er das?"

Savage kratzte sich nachdenklich am Kinn. So hatte er es bisher noch nicht betrachtet.

„Jetzt, wo Sie es sagen. Das ist wirklich merkwürdig… Mahon hat beim Verhör Freitagnacht hinsichtlich des Werkzeugkaufes kurz gestutzt. Etwas schien ihn an seiner Aussage zu stören. Entweder das Datum, oder… vielleicht kam ihm in diesem Zusammenhang etwas in den Sinn?"

„Sehen Sie! Alles ist möglich, Savage."

„Im Grunde ist das aber nicht wichtig, Doktor, denn Mahon hat die Werkzeuge nachweislich vor der Tat gekauft und nicht erst, um das Opfer nachher zu zerteilen. Wir können ihm damit durchaus Mordabsicht nachweisen."

„Allenfalls ein belastendes Indiz, aber noch lange kein eindeutiger Beweis für seine Schuld!"

„Sie können einem aber auch alles vermiesen, Doktor."

„Ach, was!", gab Spilsbury lächelnd zurück und wechselte das Thema. „Konnten Sie etwas über das Opfer herausfinden, Savage?"

„Oh, jede Menge, Doktor... Miss Emily Beilby Kayem war 38 Jahre alt und wurde am 26. November 1885 in Manchester geboren."

„Das passt zu meinen Untersuchungsergebnissen."

„Bitte?"

„Das Alter passt, Savage."

„Ja, Ihnen vielleicht, mir aber nicht!", blaffte Savage. „Mahon sagte uns im Verhör, dass Miss Kaye 29 Jahre alt sei. Steckt da auch seine temporäre Denkblockade dahinter?"

„Nicht unbedingt, Savage. Vielleicht hat Miss Kaye ihren Lebenslauf ihm gegenüber ein wenig geschönt. Sie war schließlich im besten Alter und ihre biologische Uhr tickte bereits mehr als deutlich. Und als jüngere Frau, malte sie sich bessere Chancen bei Mahon aus."

„Liegt hier am Ende das Mordmotiv?"

„Quatsch! Mord im Affekt durch eine falsche Altersangabe. Sie brauchen dringend Schlaf, Savage."

„Schon gut, Doktor. Miss Kaye war 38 Jahre alt und wohnte bis kurz vor ihrem Tod im Green Cross Club in der Guilford Street in Bloomsbury. Miss Kayes Eltern starben, als sie 17 war. Seither sorgt sie für sich alleine und verdiente recht gut.

Sie arbeitete als Schreibkraft in einer Firma in der Copthall Avenue."

„Lernte Mahon sie dort kennen?"

„Ja, in dieser Firma in der Copthall Avenue. Im Juni 1923. Im Oktober 1923 beendete sie ihr Arbeitsverhältnis in der Copthall Avenue. Danach arbeitete sie kurzzeitig in der Bond Street und kurz vor ihrem Tod war sie arbeitslos… Ach ja, ihr Bruder starb letztes Jahr an Weihnachten. Sie hat nur noch eine verheiratete Schwester, eine gewisse Misses Elizabeth Beilby Harrison."

Doktor Spilsbury war beeindruckt.

„Sie haben bereits jede Menge Informationen über die junge Frau, Chef-Inspektor."

„Danke"

„Da kann ich mit meinem Puzzle kaum mithalten."

„Das bezweifle ich stark, werter Doktor. Was haben Sie denn bereits über das Opfer herausgefunden?"

„Nun, während Sie und Ihre Männer draußen durch die laue Frühlingsluft spazierten, hatte ich hier unten im stickigen Labor das Vergnügen mit dem Opfer und etwa 900 – 1000 Teilen."

Savage schluckte schwer.

„Lassen Sie mich bitte an Ihrem Wissen teilhaben, Doktor, auch wenn es mir den Abend verdirbt."

„Gerne! Bevor ich es vergesse, Savage. Die grauen Schuhe, das grüne Kostüm und der Pelzmantel, die Sie nach Ihrem kurzen Besuch im Kenilworth

Hotel gesucht haben, befinden sich unter den Kleidungsstücken, die ich im Haus gefunden habe."

„Danke, Doktor. Miss Kaye dürfte damit weitestgehend identifiziert sein."

„Ja, das restliche Puzzle gehört in mein Ressort und ich konnte Miss Kaye weitestgehend zusammensetzen, Chef-Inspektor."

„Weitestgehend, Sir?"

„Ich habe nicht alle Teile finden können, was unter diesen Umständen mehr als normal ist. Aber mir fehlen drei wichtige Teile, um zu einem genauen Ergebnis der Todesursache kommen zu können. Mir fehlen der Kopf, der Nacken und der Uterus der Toten. Den Kopf und den Nacken benötige ich, um die Todesart eindeutig bestimmen zu können. Und der Uterus…"

„Der Uterus?", fragte Savage dazwischen.

„Die Gebärmutter, lieber Chef-Inspektor."

„Ich weiß, was der Uterus ist. Ich bin nur erstaunt. Ist die Gebärmutter Ihrer Meinung nach von Bedeutung, Doktor?"

„Oh, die Gebärmutter ist sehr wichtig, zumindest wenn Sie eine Frau sind, und Kinder bekommen wollen."

„Ich meine für diesen Fall, Doktor Spilsbury."

„Das meine ich auch, denn ich habe bei Miss Kayes die Anzeichen einer Schwangerschaft vorgefunden."

„Oh, das ist aber…"

„Ja, das ist tatsächlich mal ein mögliches Mordmotiv, Savage! Miss Kaye war schwanger! Vermutlich sogar bereits in der 20. Schwangerschaftswoche."

Savage fiel die Kinnlade herunter. Das war etwas!

„Das erklärt vielleicht das aggressive Verhalten, das Mahon uns gegenüber erwähnt hat."

„Ja, Stimmungsschwankungen sind in der Schwangerschaft durchaus normal."

„Nun haben wir tatsächlich ein echtes Motiv für den Mord, Doktor!"

„Eigentlich nur bedingt, Savage. Wir haben im Grunde lediglich das Wissen darüber, dass Miss Kaye zum Zeitpunkt ihres Todes schwanger war. Vielleicht wusste Mister Mahon bis zum bitteren Ende nichts von dem Kind. Das ist durchaus denkbar. Mahon kannte ja anscheinend nicht einmal das richtige Alter seiner Geliebten."

„Ähm, aber…"

„Was ist, wenn Mahon doch von der Schwangerschaft wusste und beide das Kind wollten? Nein, Savage, ein echtes Motiv wird es erst, wenn Mister Mahon von der Schwangerschaft wusste und nicht mit ihr einverstanden war. Wenn er mit dem Tod seiner Geliebten verhindern wollte, dass seine Frau davon erfährt, dann wird es ein Mordmotiv. Wie ich bereits sagte… Ziehen Sie keine voreiligen Schüsse. Vor allem aber brauchen Sie Beweise!"

„Das habe ich mittlerweile verstanden, Doktor… Wie ist Miss Kaye gestorben?"

„Wie gesagt, ich weiß es nicht! Mir fehlen der Kopf und der Nacken."

„Sie wissen es nicht? Ein natürlicher Tod wird wohl kaum in Frage kommen, oder?"

„Warum nicht, Savage? Ich weiß ohne Kopf und Nacken nicht, woran und wie sie gestorben ist. Ich weiß nur, wie sie nicht gestorben ist. Sie ist mit Sicherheit nicht durch einen Sturz auf den eisernen Kohleneimer gestorben. Der Eimer ist viel zu instabil, um den Tod herbeizuführen. Ich muss das allerdings noch eingehender untersuchen. Mehr kann ich Ihnen einstweilen nicht berichten."

Savage war schwer beeindruckt, als er aufstand und sich anschickte, das Büro des Gerichtsmediziners zu verlassen.

„Gute Arbeit, Doktor. Ich werde dann gehen. Ich habe mit Mister Mahon am morgigen Nachmittag einen Termin beim Haftrichter."

„Wo wird Mister Mahon dem Haftrichter vorgeführt?"

„In Hailsham, Sir."

„In Hailsham? Ach, herrjeh, dann wird Richter Avory den Vorsitz führen! Avory stammt aus East Sussex."

„Was halten Sie von Richter Avory, Doktor?"

„Richter Avory ist ein kleiner Mann mit großen Minderwertigkeitskomplexen. Er ist ein eifriger Verfechter der Todesstrafe und würde am liebsten jedem Verurteilten höchst persönlich den Strick um den Hals legen, wenn er dafür aufgrund seiner geringen Körpergröße nicht eine Leiter bräuchte."

Savage lachte laut auf.

„Lassen Sie ihn das nicht hören, Doktor. Wird Avory auch die Hauptverhandlung gegen Mahon führen?"

„Ganz sicher, Savage. Diesen Spaß wird er sich nicht nehmen lassen."

„Wir werden sehen… Ich gehe dann mal. Machen Sie es gut, Doktor."

„Würden Sie mir einen Gefallen tun, bevor Sie gehen, Savage?"

„Was kann ich für Sie tun, Doktor?"

„Halten Sie sich zukünftig an einem Tatort an die Vorschriften."

„Wie bitte, Doktor?", fragte Savage breit grinsend.

„Ich hatte gestern Abend ein interessantes Gespräch mit Ihrem Chef."

Savages breites Grinsen erstarb sofort.

„Sie hatten ein Gespräch mit Superintendent Wensley?"

„Ja, ich habe Wensley beim Abendessen gesagt… Der Mann pflegt übrigens recht wenig zu sich zu nehmen… Nun, ich habe ihm gesagt, dass wir dringend die Untersuchungsmethoden am Tatort verbessern müssen."

Savage räusperte sich verlegen.

„Oh."

„Wussten Sie eigentlich, dass es seit dem Crippen Fall von 1910 eine Anweisung bei New Scotland Yard gibt, an einem vermeintlichen Tatort Handschuhe zu benutzen."

„Es gibt eine Anweisung, Doktor?", fragte Savage scheinheilig.

„Ja, es gibt eine Anweisung, Savage… Wensley war zuerst nicht gerade begeistert, als ich ihm eine Tatorttasche vorschlug. Das Yard müsse dringend sparen und so weiter und so fort… Sie kennen das alte Lied."

„Eine was?"

„Eine Tatorttasche, Savage. Eine von mir entwickelte Tasche. Ab sofort werden Sie und Ihre Männer im Einsatz eine solche Tasche mit sich führen. Sie enthält Gummihandschuhe, eine Pinzette, Beweistaschen, eine Lupe, einen Kompass, ein Lineal und Tupfer."

„Das ist viel Zeug, Doktor."

„Verzichten Sie und Ihre Männer auf das Rauchen, dann haben Sie in Zukunft mehr Kraft zum Tragen wichtiger Polizeiutensilien."

*

Den restlichen Abend verbrachte Savage zusammen mit Inspektor Hall in seinem Lieblingspub *Ye Olde Lamb Tavern*, der an der Ecke Bridge Street und Parliament Street lag. Um zehn Uhr gingen sie gesättigt und, dank einiger süffiger Biere, mit einer gewissen Bettschwere auseinander. Savage wollte sich eine Mütze Schlaf gönnen und ausgiebig frühstücken. Ihm stand am nächsten Morgen ein Sack voll Ermittlungsarbeit ins Haus.

Zehntes Kapitel

Montag, 05. Mai 1924; 17:00 Uhr
Hailsham Untersuchungsgericht, East Sussex

Inspektor Hall raste am späten Nachmittag mit halsbrecherischer Geschwindigkeit von London nach Hailsham. Savage vertraute den Fahrkünsten des Inspektors nicht besonders und versuchte, sich mit dem Studium einer Tageszeitung abzulenken. Es gelang ihm nicht recht.

Er faltete die Zeitung schließlich nach wenigen Minuten zusammen und warf einen verstohlenen Blick auf Mahon, der neben ihm auf dem Rücksitz saß und mit Handschellen an den freien linken Vordersitz gefesselt war.

Mahon starrte leicht lächelnd aus Seitenfenster, was er im Grunde seit ihrer Abfahrt nahezu ununterbrochen tat. Er trug einen leichten und perfekt sitzenden, grauen Nadelstreifenanzug, dessen edles Aussehen ganz und gar zum Träger passte, und schien die rasante Fahrt zu genießen. Man sah ihm äußerlich nicht an, ob er Angst vor dem Bevorstehenden hatte.

Savage räusperte sich gut hörbar

„Lassen Sie es mal ein wenig ruhiger angehen, Inspektor."

Der Inspektor warf einen kurzen Blick in den Rückspiegel und nickte seinem Chef zu; an seiner rasanten Fahrweise änderte sich jedoch bis zur Ankunft in Hailsham nichts.

Um exakt fünf Uhr betrat Richter Sir Horace Edmund „Justice" Avory den kleinen Gerichtssaal in Hailsham, der mit 50 Zuschauern bis unter die Decke gefüllt war. Der dürre Richter sah müde und abgeschlagen aus. Vermutlich hatte ihn ebenfalls ein wilder Fahrer hierher gebracht, dachte Savage vergnügt.

Richter Avory war 73 Jahre alt, hatte ein raubvogelartiges Gesicht und galt in Fachkreisen und in der Bevölkerung als der nüchternste und emotionsloseste Richter, den das Königreich derzeit zu bieten hatte.

Richter Avory musterte Mahon ausführlich und machte vom ersten Augenblick an keinen Hehl aus seiner Abneigung gegen den Verdächtigen. Savage war sich sicher, dass der Richter die Todesstrafe gegen Mahon am liebsten bereits heute Nachmittag verhängt hätte, als vorher noch einer langweiligen Anklagerhebung und weiteren Anhörungen gegen den Verdächtigen vorzusitzen.

Savage wünschte sich zwar auch Gerechtigkeit für das bedauernswerte Opfer. Allerding wünschte er sich gleichwohl auch einen fairen Prozess gegen Mahon und keine Vorverurteilung, wobei er selbst durchaus nicht völlig frei von solchen Gedanken war, wie ihm Doktor Spilsbury vorgehalten hatte.

Er zuckte zusammen, als Richter Avory die Sitzung mit hoher Fistelstimme eröffnete.

„Sie heißen Patrick Herbert Mahon?"

„Ja, Sir."

„Sie sind 34 Jahre alt und wohnen in der Pagoda Avenue in Richmond?"

„Ja, Sir."

„Mister Patrick Herbert Mahon, der Staat England klagt Sie hiermit offiziell des vorsätzlichen Mordes an Miss Emily Beilby Kaye an. Angeklagter, bekennen Sie sich schuldig oder nicht schuldig?"

Mahons Gelassenheit aus der Herfahrt schien mit einem Mal verflogen zu sein. Seine messerscharfe Stimme schnitt die stickige Luft im Gerichtssaal in kleine Stücke.

„Ich bin nicht schuldig, euer Ehren!"

Richter Avory grinste arrogant.

„Nun, das wird sich im Verlauf des Prozesses zeigen, Mister Mahon. Haben Sie dem Gericht noch etwas zu sagen?"

„Nein, ich habe dem Gericht nichts zu sagen."

„Sehr gut! Das beschleunigt die Angelegenheit ganz erheblich, Mister Mahon. Da Sie sich keinen Verteidiger leisten können, stellt Ihnen das Gericht einen Anwalt. Ich bestimme Mister C. W. Mayo aus Eastbourne zu Ihrem Pflichtverteidiger. Mister Mayo wurde bereits vorab informiert und befindet sich im Saal, wie ich sehe. Bitte treten Sie unverzüglich vor, Mister Mayo. Haben sie uns noch etwas zu sagen?"

Ein kleiner Mann mit trotzigem nach vorn gestrecktem Kinn erhob sich inmitten der Zuschauer und schritt gemächlich auf den Richtertisch zu.

„Nein, ich habe erst einmal nichts zu sagen, euer Ehren.", sagte er laut und deutlich mit sonorer Stimme, die bis in die hinterletzte Ecke des Saals zu hören und zu verstehen war.

„Auch das ist sehr gut! Das verschönert uns allen den Nachmittag… Für den morgigen Tag setze ich allerdings einen Termin im Bungalow an. Wir werden uns morgen Früh um neun Uhr im Bungalow in den Crumbles treffen."

Ein Raunen ging durch den Saal.

„Ruhe! Lassen Sie erst gar keine Unruhe aufkommen. Es ist mein gutes Recht, einen Ortstermin zu fordern. Ich will, neben Mister Mayo und dem Angeklagten, auch den hiesigen Superintendenten David Sinclair, sowie den leitenden Ermittler von Scotland Yard, Chef-Inspektor Percy Savage, vor Ort sehen. Darüber hinaus will ich, dass auch Sir Doktor Bernard Spilsbury hier erscheint!"

Als der Name des berühmten Gerichtsmediziners fiel, ging erneut ein Raunen durch den Saal.

„Gerichtsdiener, informieren Sie die genannten Personen und veranlassen Sie umgehend, dass sich die genannten Herren morgen zur besagten Uhrzeit in den Crumbles einfinden. Die heutige Sitzung ist geschlossen!"

Die gesamte Anhörung hatte nur vier Minuten gedauert, und dem Chef-Inspektor für morgen eine neue Fahrt mit dem geflügelten Götterboten namens Hall eingebracht.

Elftes Kapitel

Dienstag, 06. Mai 1924; 08:30 Uhr
Pevensy Bay; East Sussex; Südengland

Bereits um halb neun Uhr am nächsten Morgen drängten sich die Schaulustigen vor dem Bungalow in den Crumbles. Es herrschte nahezu Volksfeststimmung und die Polizei von Eastbourne hatte große Mühe, die zahlreichen Neugierigen vom Betreten des Grundstückes abzuhalten.

Savage, der bereits seit acht Uhr vor Ort war, besah sich das Spektakel aus der Ferne. Schließlich grinste er breit, warf die Reste seiner Zigarette in den Rinnstein, rückte seine schwarze Melone zurecht und ging hoch erhobenen Hauptes auf das Haus zu. Er pfiff vergnügt vor sich hin, als er sich, mit Händen boxend und mit Füßen tretend, zur Eingangspforte des Hauses durchschlug.

Um zehn Uhr, eine Stunde später als vom Richter angeordnet, trafen auch Doktor Spilsbury und Superintendent Wensley aus London ein. Wensley war zwar nicht explizit aufgefordert worden, in Pevensy Bay zu erscheinen, aber er hatte es sich in seiner Funktion als oberster Ermittler bei Scotland Yard nicht nehmen lassen, seinen besten und berühmtesten Gerichtsmediziner höchstpersönlich nach East Sussex zu fahren.

Savage war bass erstaunt, als Wensley das Haus betrat. Da sein Chef sein geräumiges Büro nur selten verließ, hatte er mit dessen Erscheinen nicht gerechnet. Wenn Wensly es nämlich verließ, dann nur, um einem Empfang im Buckingham Palast beizuwohnen.

Ein dutzend uniformierter Polizeibeamte eskortierte die beiden hochdekorierten Männer ins Haus, in dem bereits der Untersuchungsausschuss, Mahon und dessen Anwalt Mayo, Superintendent Sinclair, der Chef-Inspektor und Richter Avory geduldig auf Doktor Spilsbury warteten. Der Richter reagierte auf die eklatante Verspätung des Doktors sehr ungehalten.

„Das Treffen war für neun Uhr angesetzt, Doktor Spilsbury!", keifte Richter Avory aufgebracht und ignorierte Superintendent Wensley völlig. „Warum erscheinen sie erst jetzt?"

Der Doktor lächelte den Richter freundlich an.

„Sie müssen verzeihen, euer Ehren, doch für die geringfügige Verspätung von einer Stunde können wir nichts. Irgendein Amateur muss gestern Nachmittag den heutigen Ortstermin inmitten einer öffentlichen Anhörung ausposaunt haben, sodass uns Heerscharen von Reportern bereits am Verlassen von London hinderten. Von den hysterischen Massen in und um Eastbourne will ich gar nicht erst reden, Euer Ehren."

Richter Avory lief rot an und schnappte nach Luft.

„Wollen Sie etwa damit andeuten, dass ich an Ihrer Verspätung Schuld bin, Sir?"

„Oh, ich deute ohne konkrete Erkenntnisse grundsätzlich gar nichts an. Das ist unwissenschaftlich und entspricht nicht meiner Arbeitsweise. Ich sammle für gewöhnlich unumstößliche Tatsachen, mit denen ich meine Aussagen zu untermauern pflege."

Richter Avory schnappte noch mehr nach Luft und sah dabei aus, wie ein Weihnachtskarpfen, den man zum Ausnehmen bereitgelegt hatte. Er wollte etwas erwidern, kam aber nicht zu Wort.

„Sie sollten schleunigst mit Ihrem sinnlosen Getue beginnen, bevor uns das Volk die Bude einrennt, euer Ehren.", sagte Superintendent Wensley scharf. „Guten Morgen, euer Ehren."

Savage machte sich in einer Ecke des beengten Raumes so klein wie möglich. Er konnte nur mit Mühe ein herzhaftes Lachen unterdrücken. Ihm ging es nicht alleine so, wie ihm ein kurzer Blick in die Runde verriet.

„Verzeihen Sie meine Unhöflichkeit, Sir.", gab der Richter kleinlaut zurück. „Fangen wir also an."

Die Sitzung fand im kleinen Wohnzimmer des Bungalows statt. Der Untersuchungsausschuss nahm an drei kleinen Tischen Platz, die eilig in die Mitte des Raumes geschoben wurden.

Savage sah sich um. Der Raum sah noch genauso aus, wie er ihn beim Verlassen am Sonntag in Erinnerung hatte: Im Kamin lag ein großer Haufen Asche und auf dem Gitterrost stand ein leerer

Topf. Auf dem Kaminsims standen drei kleine Vasen mit verwelkten Blumen. Vor den beiden kleinen Fenstern hingen grüne Vorhänge und diverse Bilder und Porzellanteller verzierten die Wände, an denen eine Tapete mit gelbem und schwarzem Blumenmuster klebte.

Neben den Tischen, an denen nun der Untersuchungsausschuss saß, standen noch ein Sekretär und ein Eckschrank im Raum, auf dem eine Schale mit Orangen stand. Die Früchte hatten, wie die Blumen in den Vasen, schon bessere Zeiten gesehen.

*

„Angeklagter, bitte erklären Sie uns, was in diesem Haus vorgefallen ist.", quiekte Richter Avory energisch. „Wann und wie haben Sie die junge Miss Kaye ermordet?"

„Einspruch, euer Ehren! Mein Mandant hat auf unschuldig plädiert. Ein Mordvorwurf steht daher erst einmal vollkommen außer Frage.", warf Mahons Anwalt dazwischen.

„Schon gut! Ich ändere meine Frage... Was ist hier wann und wie passiert, Angeklagter?"

Mahon seufzte laut auf. Er schaute zuerst den Richter skeptisch an und blickte dann fragend zu seinem Anwalt, der ihm aufmunternd zunickte.

„Ich habe bereits eine umfangreiche Aussage gemacht, Euer Ehren. Ich habe Emily nicht ermordet, wie ich in meinem Geständnis eindeutig dargelegt habe."

Richter Avory winkte wirsch ab.

„Ich kenne Ihre Aussage, Mister Mahon. Und weil ich sie kenne, habe ich diesen Ortstermin anberaumt. Wir sind hier, um vor Ort die Wahrheit herauszufinden."

Doktor Spilsbury hüstelte. Der Richter warf ihm einen vernichtenden Blick zu.

„Möchten Sie etwas sagen, Doktor Spilsbury?"

„Nein, euer Ehren. Entschuldigen Sie die Unterbrechung. Der Staub und die Salzluft…"

Richter Avory schüttelte verärgert den Kopf und wandte sich wieder Mahon zu.

„Erleichtern Sie endlich Ihr Gewissen, Angeklagter. Wo ist der Kopf von Miss Kaye? Im Meer? Am Strand? Im Wald hinter den Bungalows? Machen Sie uns die Arbeit nicht so schwer. Verraten Sie uns hier und jetzt das letzte Geheimnis dieses Mordfalls."

Mister Mayo hob die Hand, um Mahon am Reden zu hindern, der bereits zum Sprechen angesetzt hatte.

„Euer Ehren, mein Mandant hat dazu bereits eine Aussage gemacht. Der Kopf wurde von meinem Mandanten im Kamin verbrannt."

„Im Grunde ist es völlig gleichgültig, ob Ihr Mandant uns das Versteck des Kopfes verrät, oder nicht, Mister Mayo. Wir werden ihn finden! In diesem Moment, zum ersten Mal in der Geschichte der Polizei übrigens, durchkämmen Polizisten mit

Suchhunden den Garten und den Strand. In wenigen Minuten werden wir den Kopf hier auf dem Tisch haben."

Der Doktor wurde rot vor Wut.

„Ganz sicher nicht, Euer Ehren! Ich werde mit aller mir zur Verfügung stehenden Macht verhindern, dass uns hier irgendjemand ein wichtiges Beweismittel auf den Tisch knallt! Sofern die possierlichen Cockerspaniel da draußen überhaupt fündig werden."

Richter Avory wollte aufbrausen, überlegte es sich jedoch anders.

„Wie auch immer, Doktor… Ich habe für heute Morgen den Empfangschef des Kenilworth Hotel vorgeladen und ihn gebeten, für das Gericht ein paar Kleidungsstücke von Miss Kaye zu identifizieren. Damit wir wenigstens hinsichtlich der Identität des Opfers Klarheit haben."

Der Zeuge wurde hereingeholt. Der Mann identifizierte innerhalb von Sekunden einen braunen Hut mit buntem Hutband und ein paar Kleider und Schuhe des Opfers und wurde nach knapp einer Minute wieder entlassen.

Richter Avory stellte im Verlauf der nächsten Minuten viele Fragen an Mahon. Er stellte, sehr zum Leidwesen der Teilnehmer, aber nur Fragen, die bereits allesamt ausführlich in den Unterlagen beantwortet wurden. Schließlich beendete er die vollkommen überflüssige Befragung und rief den Gerichtsdiener zu sich, um sich über den Stand der Gartendurchsuchung zu informieren."

„Wie ich gerade erfahren habe, wurde bislang noch kein Kopf gefunden. Die Suche geht weiter. Wir werden aber nicht auf das Ergebnis warten, meine Herren. Ich beschließe daher hiermit, die Sitzung im Bungalow zu beenden."

„Das ist die bislang beste Idee des Tages, euer Ehren. In meinem Labor warten noch zwei Wasserleichen, ein Erhängter und eine Frau, die bei ihrer Abtreibung von einem Pfuscher umgebracht wurde. Ich habe also noch viel zu tun."

„Ähm… Ja, wir sind hier für heute fertig. Ich lege den Beginn der Hauptverhandlung für den 15. Juli 1924 fest. Die Verhandlung wird übrigens in der County Hall in Lewes stattfinden, da der dortige Gerichtssaal größer ist.

Diese äußerst großzügig bemessene Zeitspanne bis zum Beginn der Hauptverhandlung müsste den Herren Ermittlern von Scotland Yard ausreichend Zeit für ihre wenige Ermittlungsarbeit lassen, die noch zu erledigen ist."

Richter Avory blickte streng zu Savage, der betont ernst nickte und der – trotz der vollkommen grotesken Situation – noch krampfhaft versuchte, nicht laut aufzulachen.

„Natürlich, euer Ehren. Wir geben unser Bestes.", sagte der Chef-Inspektor.

„Gut!... Heute waren übrigens nur drei Vertreter der Presse zugelassen. Wenn es nach mir ginge, säße niemand von ihnen im Juli in meinem Gerichtssaal. Doch leider geht es nicht nach mir und nach einem unberechtigten Protest, dem bedauerlicherweise stattgegeben wurde, werden bei der Hauptverhandlung sechs Vertreter der Presse anwesend sein. Die Sitzung ist hiermit geschlossen!"

Zwölftes Kapitel

Dienstag, 15. Juli 1924; 09:00 Uhr
County Hall; Lewes; East Sussex; Südengland
Erster Verhandlungstag

Zwei Monate später betrat Savage das imposante Gerichtsgebäude in Lewes, von der High Street aus kommend, durch den säulenbewährten Haupteingang. Die mächtige Eingangstür aus Eichenholz öffnete sich in eine weite Halle, deren Wände mit Granit und Portlandstein verkleidet waren. In der Mitte erhob sich eine pompöse Freitreppe. Links und rechts der Treppe lagen die Prozesssäle. Die Verhandlung fand im größten Gerichtssaal des Gebäudes statt.

Der Saal im ersten Obergeschoss war bereits berstend voll, als sich Savage durch die Reihen in Richtung Zeugenstand drängelte. Im Raum saßen rund 200 neugierige Männer und Frauen und es herrschte eine Atmosphäre wie in einem überfüllten Pub nach der Auszahlung des Monatslohnes. Das Stimmengewirr war einzigartig und die Spannung mit den Händen greifbar.

Ein Constable versperrte Savage kurz vor dem Ziel resolut den Zutritt, doch seine Dienstmarke und die schriftliche Zeugenladung öffneten ihm schließlich den Zugang zur Sitzbank in der ersten Reihe.

Um halb zehn klopfte der Gerichtsdiener eindringlich mit einem Stab auf den Boden und schlagartig erstarben sämtliche Gespräche im Gerichtssaal. Alle Anwesenden erhoben sich von ihren Plätzen und starrten gebannt auf eine kleine Seitentür.

Ein Raunen ging durch den Saal, als die zwölf Geschworenen den altehrwürdigen Raum durch eine kleine Tür betraten. Die einfachen Leute, vier Männer und acht Frauen aus der Bevölkerung hatten keinerlei juristische Vorbildung.

Nachdem sich die Geschworenen gesetzt hatten, betrat der erfolgreiche Staatsanwalt Sir Henry Honywood Curtis-Bennett durch dieselbe Tür des Gerichtssaales die Bühne. Ihm folgten auf dem Fuße seine Assistenten Cecil R. Havers und H.R. Hone. In gebührendem Abstand folgten die Verteidiger des Angeklagten.

Mahons Pflichtverteidiger Mayo hatte im Juni das Handtuch geworfen, nachdem ihm der ewige Presserummel zu viel geworden war. Stattdessen nahmen der Staranwalt Sir James Dale Cassels und dessen Assistenten T.I. Gates und C.A. Collingwood in der Anklagebank Platz.

Die sechs Männer der Anklage – und erst Recht die Männer der Verteidigung – waren allesamt Hochkaräter. Spätestens jetzt zu Beginn der Verhandlung gegen Mahon war allen Menschen in England ganz sicher klar, um was es bei diesem Prozess ging.

Wenige Augenblicke später öffnete sich die schwere Eichentür hinter dem Richtertisch und Richter Sir Horace Edmund Avory, bekleidet mit einem aufwendigen Talar und einer kurzen Rosshaar-Perücke, schwebte würdevoll in den Saal.

Ein ehrfürchtiges Raunen ging durch die Reihen der Zuschauer und auch Savage ließ sich von der gespannten Atmosphäre mitreißen. Die „Sphinx der Gerichte", wie die Klatschreporter Richter Avory gerne nannten, hatte die Bühne betreten.

Richter Avory hatte in seiner langjährigen Laufbahn als Richter bereits mehr Menschen zum Tode verurteilt, als jeder andere Richter des Landes. Seine kompromisslose Haltung und seine scharfen Erwiderungen vor Gericht machten den Verteidigern das Leben schwer.

Savage war sich absolut sicher, dass der Staat England im Fall von Mahon auf Nummer Sicher gehen wollte. Anscheinend wollte man der Gerechtigkeit mit Nachdruck zum Erfolg verhelfen, was ihm im Grunde ganz recht war.

Der Richter setzte sich und blickte erhaben in die Runde.

„Setzen Sie sich!"

Die Menschenmenge setzte sich geschlossen hin. Keine noch so gedrillte Militäreinheit hätte bei diesem Vorgang synchroner sein können.

„Gerichtsdiener, lassen Sie den Angeklagten kommen."

Die entscheidenden Worte waren gesagt; der Prozess gegen Mahon hatte begonnen!

Der Gerichtsdiener nickte dem Richter kurz zu. Seine Stimme war schärfer als ein Skalpell von Doktor Spilsbury, als er nach dem Angeklagten rief.

„Ich rufe den Angeklagten Patrick Herbert Mahon in den Saal!"

Hinter der Anklagebank öffnete sich eine dritte Tür und Mahon wurde in Handschellen zu seinem Platz auf der Anklagebank geführt. Man nahm ihm die Fesseln ab und er setzte sich.

Savage stellte erstaunt fest, dass Mahon in recht guter Verfassung war. Er sah im Grunde sogar unverschämt gut aus. Mahon trug einen maßgeschneiderten blauen Anzug, war frisch maniküt und frisiert und hatte eine Bräune, die er sich im Gefängnis garantiert mit Tabaksaft ins Gesicht gezaubert hatte. Er legte die Hände gelassen auf der Tischplatte ab. Vor ihm lag ein leeres Blatt Papier und ein Bleistift.

Richter Avory öffnete geräuschvoll einen dicken Aktenordner, der vor ihm auf dem Richtertisch lag. Er räusperte sich und gab dem Gerichtsdiener das Zeichen, mit der Anklageverlesung zu beginnen.

„Wir verhandeln hier und heute in der Angelegenheit des gewaltsamen Todes von Miss Emily Beilby Kaye. Der Staat England gegen Mister Patrick Herbert Mahon. Angeklagter, sind Sie schuldig oder nicht schuldig?"

Mahon sah auf. Er straffte seine Schultern und sagte klar und deutlich:

„Ich bin nicht schuldig!"

Die Menge im Saal begann verärgert zu murmeln. Richter Avory knurrte daraufhin ebenfalls ungehalten und die Geräusche verstummten sofort.

Der Gerichtsdiener änderte seinen starren Gesichtsausdruck um keinen Deut.

„Meine Damen und Herren Geschworenen. Der Angeklagte, Mister Patrick Herbert Mahon, wird beschuldigt, am 15. April dieses Jahres Miss Emily Beilby Kaye ermordet zu haben. Der Angeklagte plädiert auf nicht schuldig. Ihre Aufgabe ist es nunmehr, vorurteilslos sämtliche Beweise und Gegenbeweise sorgsam abzuwägen, um am Ende der Verhandlung zu einem einstimmigen Urteil zu kommen. Die Verhandlung ist eröffnet."

*

Der gemütlich wirkende Staatsanwalt begann die Verlesung der Anklageschrift. Er trat gemächlich aus seiner Bank und stellte sich breitbeinig vor die Geschworenen. Bennett ließ seine imposante Gestalt auf die Männer und Frauen vor ihm wirken.

Der Staatsanwalt war wie Richter Avory mit einer Perücke bekleidet. Er war, im Gegensatz zum Richter, füllig und wirkte auf den ersten Blick wie ein unbeholfenes Schaf. Savage wusste jedoch aus Erfahrung, dass der Staatsanwalt im Verlauf einer Verhandlung häufig zu einem reißenden Wolf wurde. Gewissermaßen handelte es sich bei Bennett Staatsanwalt um einen Wolf im Schafspelz.

Bennett räusperte sich nach ein paar Sekunden vernehmlich. Seine Stimme war danach auch im hintersten Teil des Gerichtssaales klar und deutlich zu verstehen.

„Meine Damen und Herren Geschworenen, in diesem Prozess haben Sie zu ihrer Entscheidungsfindung drei wichtige Dinge zu berücksichtigen."

Er hob den Daumen.

„Erstens! Der aufgefundene Körper beziehungsweise sämtliche, im Verlauf der Ermittlungen aufgefundenen, Körperteile gehören eindeutig zu Miss Emily Beilby Kaye. Diese Tatsache kann die Wissenschaft beweisen und diese Tatsache hat der Angeklagte in seinem Geständnis zugegeben."

Der Staatsanwalt nahm den Zeigefinger hinzu.

„Zweitens! Der Angeklagte hat ebenfalls freimütig zugegeben, dass Miss Emily Beilby Kaye durch Gewalteinwirkung zu Tode gekommen ist. Diese Gewalt richtete sich gegen Ihren Rücken beziehungsweise ihren Nacken."

Bennett senkte die Stimme, bevor er fortfuhr.

„Ganz gleich wie es sich am 15. April zugetragen hat, waren es auf jeden Fall die Hände des Angeklagten, die dem Armen Mädchen den Tod brachten. Diese unumstößliche Tatsache haben Sie als drittes zu berücksichtigen.", sagte Bennett gedehnt und fügte seinem Daumen und dem Zeigefinger wichtigtuerisch den Mittelfinger hinzu. Die Geschworenen rutschten unruhig hin und her.

„Nach unseren Erkenntnissen und nach Aussage des Angeklagten war zur in Frage kommenden Tatzeit niemand anderes als das Opfer und der Angeklagte im Bungalow in den Crumbles."

Mahon ließ am Ende des Satzes den Kopf sinken und schlug die Augen nieder. Savage sah die ungewöhnlich hilflose Geste des Angeklagten und wunderte sich darüber. Für einen kurzen Augenblick hatte er das Gefühl, als wolle Mahon die Aussage Bennetts gerne korrigieren oder ergänzen.

Der Staatsanwalt ließ seiner Aufzählung eine lange Pause folgen. Im Saal hätte man währenddessen eine Nadel fallen hören können. Schließlich fuhr Bennett mit leiser Stimme fort:

„Meine Damen und Herren Geschworenen! Am Abend des 2. Mai schlenderte der Angeklagte zur polizeilich überwachten Gepäckaufbewahrung der Waterloo Station in London und verlangte dort die Herausgabe eines Handkoffers.

Er wurde vor dem Verlassen des Bahnhofs von Scotland Yard verhaftet und zum Verhör gebracht. Der kleine Koffer wurde im Beisein von Mister Mahon geöffnet und die nervenstarken Beamten entnahmen ihm Frauenkleidung, ein 25 Zentimeter langes Messer und eine Tennisschlägertasche mit den Initialen E.B.K. – alles bluttriefend."

Ein entsetztes Raunen ging durch den Raum und ein nicht enden wollendes Gemurmel setzte ein. Richter Avory schlug mit einem Holzhammer energisch auf den Richtertisch, um eventuell aufkommende Gespräche im Keim zu ersticken.

„Ruhe im Saal!", schrie er mit quiekender Stimme. „Fahren Sie bitte fort Herr Staatsanwalt."

Bennett nickte und trat näher zu den Geschworenen. Seine Stimme nahm an Schärfe zu.

„Die Männer von Scotland Yard konfrontierten den Angeklagten mit dem grausigen Inhalt. Mister Mahon besah sich die Gegenstände und den Handkoffer und sagte ohne einen Anflug von Skrupel aus, in ihr Fleisch für seine Hunde transportiert zu haben. Danach schwieg er stundenlang, bevor er Chef-Inspektor Percy Savage nach Stunden des Verhörs endlich die grausame Tat gestand."

Bennett wählte seine Worte und seine Pausen sorgfältig und ließ beides gezielt auf die Geschworenen wirken.

„Der Angeklagte brach schließlich zusammen und sagte, ich zitiere frei aus dem Vernehmungsprotokoll, folgendes aus:

Wir stritten uns am 16. April, was der Angeklagte später auf den 15 April korrigierte, im vorderen Wohnzimmer über einige Dinge. Emily bekam einen heftigen Wutanfall und warf eine Axt nach mir. Es war eine Kohlenaxt. Ich sah Rot. Wir kämpften und kämpften.

Sie würgte mich und ich würgte sie. Sie war eine sehr große und starke Frau. Sie schien vor Wut und Ärger verrückt geworden zu sein. Während unseres Gerangels stolperten wir über einen umgestürzten Stuhl. Sie fiel mit dem Kopf auf den eisernen Kohleneimer und schien ohnmächtig zu sein. Es war gegen Mitternacht. Ich versuchte, sie wiederzubeleben. Sie war tot."

Bennett ging ein paar Schritte und hielt am Ende der Geschworenenbank inne. Er drehte den Geschworenen den Rücken zu und seine Stimme war mit einem Mal kaum zu verstehen.

„Soweit die gekürzte Aussage des Angeklagten. Mister Mahon zog die arme Emily... Er zog Miss Kaye nach der Tat in ein angrenzendes Gästezimmer und ließ sie dort liegen.

Am 17. April fuhr er, so seine erste Aussage, nach London und kaufte dort ein Messer und eine Säge. In den darauf folgenden Tagen zerstückelte er die Leiche von Emily Beilby Kaye!"

Die Geschworenen schluckten schwer. Bennett drehte sich mit dem Gesicht zur Jury.

„Ich wünschte, ich könnte Ihnen die nachfolgenden Details der Hausdurchsuchung in den Crumbles ersparen. Ich kann es leider nicht."

Er trat ein paar Schritte zurück und holte tief Luft.

„Die Polizei und der berühmte Gerichtsmediziner Sir Doktor Bernard Henry Spilsbury untersuchten am 3. Mai den Mordbungalow in Pevensy Bay.

Sie fanden dort überall menschliche Knochen und verwesende Körperteile. Einige Knochen lagen in der Asche des Kamins, menschliche Körperteile befanden sich wiederum in einem Schrankkoffer mit den Initialen E.B.K. Im Esszimmer des

Hauses fand man zudem einen eisernen Kohleneimer mit verbogenen Standfüßen.

In der Spülküche des Bungalows fand man darüber hinaus eine zerbrochene Axt. Den dazugehörigen Holzschaft fand man im Kohlenraum. Im Wohnzimmer, in dem Raum, in dem Miss Kaye nach Aussage des Angeklagten angeblich getötet wurde, lag eine Säge, wie Schlachter sie benutzen."

Wieder wurde es unruhig im Gerichtssaal und bevor der Staatsanwalt fortfahren konnte, musste der vorsitzende Richter erneut um Ruhe bitten.

„Wie sie eben gehört haben, gab der Angeklagte in seiner ersten Aussage vom 2. Mai an, dass dem Tode von Miss Kaye am Mittwoch den 16. April ein heftiger Streit vorausging. Dabei habe das spätere Opfer eine Axt nach ihm geworfen, die beim Aufprall auf den Türrahmen des Schlafzimmers zerbrochen sei.

Ich möchte an dieser Stelle bemerken, dass bei der Untersuchung der Räume und des in Frage kommenden Türrahmens keine Spuren der Axt gefunden wurden.

Ich möchte auch bemerken, dass der Angeklagte sich am Abend des 4. Mai plötzlich korrigierte und den Streittag nunmehr mit Dienstag, den 15. April angab.

Er hatte sich angeblich vertan. Am 16. April musste er geschäftlich nach London und traf sich dort heimlich mit einer Frau. Es handelte sich dabei nicht etwa um seine Ehefrau, sondern um eine weitere Geliebte – Miss Ethel Duncan."

Der Gerichtssaal erbebte unter den Stimmen hunderter empörter Zuschauer. Richter Avory trat erneut in Aktion.

„Ruhe, oder ich lasse den Saal räumen. Ich dulde hier keinen Zirkus!"

Bennett lächelte dünn und fuhr fort.

„Der Angeklagte traf sich mit Miss Duncan zum Abendessen und übernachtete anschließend allein im Grosvenor Hotel, bevor er am Abend des 17. April in den Mordbungalow zurückkehrte.

Er begann am Karfreitag, das war der 18. April, mit seiner grausigen Arbeit an Miss Kaye. Aus Eastbourne schickte er am 17. April ein Telegramm an Miss Duncan in London und lud sie über das Osterwochenende zu sich ein. Er verschloss das Gästezimmer, in das er das arme Opfer verbracht hatte, mit einem neuen Vorhängeschloss und das frisch verliebte Paar verbrachte, zusammen mit der Leiche, ein gemütliches Osterwochenende im Strandhaus.

Von dort fuhr der Angeklagte am Ostersamstag seelenruhig nach Plumpton zum Pferderennen und in diesem Haus zerstückelte er in der Woche nach Ostern in aller Ruhe Miss Emily Beilby Kaye!"

Die Augen der Geschworenen weiteten sich vor Entsetzen. Der Staatsanwalt fuhr mit ruhiger Stimme fort.

„Er musste Miss Kaye loswerden. Und so packte er immer Teile von ihr, und nicht etwa Fleisch für seine Hunde, in seine Reisetasche und warf die

Pakete bis zum 26. Und 27. April im Verlauf mehrerer Fahrten zwischen der Waterloo Station, seinem Wohnort Richmond und Reading aus dem Zug.

Am Montag, den 28. April, brachte er die eingangs erwähnte Reisetasche in die Gepäckaufbewahrung der Waterloo-Station, wo er am 2. Mai von Chef-Inspektor Savage verhaftet wurde."

Bennett machte erneut eine lange Kunstpause, bevor er mit leiser Stimme fortfuhr.

„Der Angeklagte korrigierte sich übrigens recht häufig, meine Damen und Herren Geschworenen. Er gab beim ersten Verhör gegenüber der Polizei an, am Donnerstag, den 17. April in einem Eisenwarengeschäft in der Victoria Street in London eine Säge und ein langes Messer gekauft zu haben.

Chef-Inspektor Percy Savage von Scotland Yard konfrontierte den Angeklagten am 4. Mai mit einer Zeugenaussage. Der Zeuge hatte ihm gegenüber ausgesagt, den Angeklagten am 12. April in London getroffen zu haben.

Der Angeklagte gestand dies ein. Er gab an, die Werkzeuge am 12. April, kurz vor dem Einzug in den Bungalow am Strand, erstanden zu haben.

Der Angeklagte hatte die Werkzeuge also drei Tage vor dem Tod von Miss Kaye gekauft, und nicht erst zwei Tage danach.

Sie werden mir sicher zustimmen, wenn ich behaupte, dass dies mehr als eindeutig darauf schließen lässt, dass der Angeklagte den Mord an Miss Kaye von langer Hand geplant hatte."

Der Blick der Geschworenen hing mittlerweile an den Lippen des Staatsanwalts.

„Der Angeklagte kann nicht zweifelsfrei sagen, ob Miss Kaye an den Folgen der Strangulation oder durch den Sturz auf den Kohleneimer starb. Er hat aber sämtliche Beweisstücke, die seine Aussagen bestätigen oder wiederlegen könnten, restlos beseitigt. Der Hals und der Nacken des Opfers sind bis heute spurlos verschwunden. Diese Beweise sind entweder buchstäblich in Rauch aufgegangen oder im Meer verschwunden."

Bennett ging langsam zur Anklagebank hinüber. Er blieb stehen, und sah Mahon tief in die Augen. Dieser erwiderte den Blick des Staatsanwalts unbeeindruckt.

„Angeblich wurde das Opfer nach dem Sturz nicht bewegt. Ich möchte jedoch noch einmal darauf hinweisen, dass es im Bungalow nur einen Kohleneimer gab und dieser sich bei der Durchsuchung am 3. Mai im hinteren Esszimmer befand!

Wieder folgte eine Kunstpause.

„Meine Damen und Herren Geschworenen, lassen Sie mich zum Abschluss ein paar Worte über Miss Emily Beilby Kaye verlieren. Miss Kaye war eine sportliche und gesunde Frau. Sie war zum Zeitpunkt ihres Todes 38 Jahre alt und sie sorgte seit ihrem 17. Lebensjahr allein für ihren Lebensunterhalt.

Ihr Vermögen belief sich im Januar 1924 auf 700 Pfund, angelegt in Wertpapieren. Miss Kaye verkaufte kurz vor Ihrem Tod alle Sicherheiten im

Wert. Im Februar zahlte ihr die Bank von England 400 Pfund in 100 Pfund-Noten aus. Drei dieser Noten wurden vom Angeklagten unter falschem Namen in Bargeld eingelöst, eine Note ist noch immer in Umlauf.

Wenn Sie alle Fakten, die ich Ihnen soeben ausführlich geschildert habe, eingehend prüfen, kann es nur ein Urteil geben: Patrick Herbert Mahon ist schuldig! Patrick Herbert Mahon ist des Mordes an Miss Emily Beilby Kaye schuldig! Schuldig am Tod einer jungen Frau, die ihn liebte.

Der Angeklagte ist zudem schuldig am Tod eines ungeborenen Kindes, das seine Geliebte unter ihrem Herzen trug. Miss Kaye war zum Zeitpunkt ihres Todes schwanger!"

Sir Henry Honywood Curtis-Bennetts Eingangsrede hatte wie ein gut konstruiertes Schlusspläydoyer geklungen. Und die Schwangerschafts-Bombe war eingeschlagen! Die Detonation hatte man zumindest bis in alle Zeitungsredaktionen der Welt gehört, da war sich Savage sicher.

Dreizehntes Kapitel

Mittwoch, 16. Juli 1924; 09:00 Uhr
County Hall; Lewes; East Sussex; Südengland
Zweiter Verhandlungstag

D er Morgen des zweiten Verhandlungsta-
ges, der ausschließlich für die Zeugen der
Anklage vorgesehen war, begann mit
einem Eklat. Noch bevor überhaupt der erste Zeuge befragt durch den Staatsanwalt befragt werden
konnte, brach eine Geschworene mehrfach zusammen und musste schließlich durch eine neue
Geschworene ersetzt werden.

Als dann kurz nach dem Austausch der Geschworenen noch ein zweiter Geschworener Aus-
fallerscheinungen zeigte, musste erneut ausgewechselt und nachvereidigt werden. Mit über einer Stunde Verspätung ging es endlich los.

Savage wurde als dritter Zeuge in den Zeugen-
stand gerufen. Zuvor hatte Constable Edward
Shelan dem Gericht und der Jury ein Modell des
Bungalows vorgeführt und danach hatte Constable
Mark Thompson dem Gericht geschildert, wie der
Angeklagte in der Waterloo Station festgenommen
worden war.

Staatsanwalt Bennett stützte sich schwer mit
beiden Händen auf den kleinen Tisch vor dem

Zeugenstuhl, in dem es sich Savage mehr schlecht als recht bequem gemacht hatte.

Bennett beugte sich beim Sprechen zum Chef-Inspektor hinab und Savage roch aus dem Mund des Staatsanwalts, was dieser zum Frühstück genossen hatte. Er nahm es unangenehm berührt zur Kenntnis, verzog jedoch nicht einmal ansatzweise das Gesicht, als Bennett ihn beim Sprechen anhauchte.

„Wie lautet ihr vollständiger Name und wie ist ihr Dienstgrad?"

„Ich heiße Percy Savage. Ich bin Chef-Inspektor bei New Scotland Yard am Victoria Embankment in London, Sir."

„Sie wurden am 30. April von einem Kollegen der Bahnpolizei in die Waterloo Station gerufen, um eine verdächtige Reisetasche zu untersuchen. Ist das richtig, Sir?"

„Nein, Sir. Das ist nicht richtig."

„Ist es nicht?"

„Nein, Sir. Der von Ihnen genannte Bahnpolizist heißt John Beard und ist ein ehemaliger Kollege des New Scotland Yard. Mister Beard ist nunmehr Privatdetektiv und hat mich am 1. Mai, gemeinsam mit der Ehefrau des Angeklagten, in meinem Büro aufgesucht. Dort hat er mich über einen blutigen Handkoffer in der Waterloo Station informiert, den beide dort gefunden hatten. Nach dem Gespräch bin ich zum Bahnhof gefahren, um mir den Koffer vor Ort anzusehen, Sir."

„Wie kam es dazu, dass Misses Mahon Sie gemeinsam mit Mister Beard aufsuchte, Chef-Inspektor?"

„Misses Mahon hatte in der Jackentasche ihres Mannes einen Abholschein der Gepäckaufbewahrung der Waterloo Station gefunden. Sie machte sich Sorgen um ihren Mann und verständigte den ehemaligen Kollegen."

„Warum machte sich Misses Mahon Sorgen um ihren Ehemann, Chef-Inspektor?"

„Misses Mahon befürchtete, ihr Mann sei in verbotene Wettgeschäfte verwickelt, Sir."

„Ich finde das Verhalten von Misses Mahon ein wenig seltsam, Chef-Inspektor. Misses Mahon fand einen dubiosen Abholschein in der Jacke ihres Mannes. Sie befürchtete, ihr Mann sei in verbotene Wettgeschäfte verwickelt. Sie sprach ihren Gatten nicht darauf an, sondern engagierte einen Privatdetektiv, mit dem sie in die Waterloo Station ging und einen blutverschmierten Koffer fand. Ist das richtig?"

„Ja, Sir."

„Und alles, was Miss Mahon zu Ihnen ins Büro führte, war dieser Fund und ihr unbestimmtes Angstgefühl, dass sich ihr Mann in Wettgeschäfte verwickelt haben könnte?"

„Das Blut machte ihr durchaus Angst, Sir. Das teilte sie mir auch mit."

„Schon möglich, Chef-Inspektor. Sie konfrontierte Sie aber nicht sofort mit dem Fund des Handkoffers, oder?"

„Nein, Sir."

„Neigte der Angeklagte denn tatsächlich zu dubiosen Wettgeschäften?"

„Ja, Sir, ich habe das im Laufe der Ermittlungen nachgeprüft und kann das bestätigen."

„Kommen wir zurück zum Koffer… Sie fanden in der Waterloo Station einen blutigen Handkoffer?"

„Ja, Sir. Dort war ein Handkoffer auf den Namen Mahon hinterlegt."

„War der besagte Koffer offen?"

„Nein, Sir. der Koffer war verschlossen."

„Konnten Sie einen Blick in den Koffer werfen?"

„Ich habe eine Seite des Koffers ein wenig eingeschnitten, hochgebogen und hineingeschaut."

„Was entdeckten Sie, Chef-Inspektor?"

„Ich konnte nicht viel erkennen, außer dass sich Blut an den Außenrändern befand. Ich nahm ein Stück blutigen Seidenstoffs mit und übergab die Probe Doktor Spilsbury zur weiteren Untersuchung."

„Danke, Chef-Inspektor. Am 2. Mai haben Sie den Angeklagten gegen viertel nach sechs Uhr am Abend in der Waterloo Station verhaftet, als er den besagten Handkoffer aus der Gepäckaufbewahrung abholen wollte. Ist das richtig, Sir?"

„Ja, das ist richtig."

„Sie brachten den Angeklagten in die Kennington Road Polizeistation und verhörten ihn dort erstmalig. Hatte er den Schlüssel für den Koffer bei sich?"

„Ja, Sir."

„Hat der Angeklagte in der Kennington Road eine Aussage gemacht?"

„Nein, Sir."

„Hat der Angeklagte Ihnen gegenüber zugegeben, dass der Handkoffer ihm gehört?"

„Ja, Sir."

„Haben Sie ihm den Inhalt gezeigt?"

„Ja, Sir."

„Was war im Koffer, Chef-Inspektor?"

„Zwei paar zerrissene Pumphosen, zwei Seidenschals, ein Kochmesser, eine braune Tennisschlägertasche aus Baumwolle mit den Initialen E.B.K. – alles war blutverschmiert und alles war stark mit einem Desinfektionsmittel bestreut."

„Haben Sie den Angeklagten zu den Gegenständen befragt?"

„Ja, Sir."

„Was hat Ihnen der Angeklagte geantwortet?"

„Mister Mahon sagte, dass er in der Tasche öfter Fleisch für seine Hunde transportieren würde."

„Fleisch für seine Hunde? Sagte er wirklich, dass er Fleisch für seine Hunde in der Tasche transportiert hatte?"

„Ja, das sagte er."

„Konnte das stimmen, Chef-Inspektor?"

„Nein, Sir. Doktor Spilsbury hatte im Labor zweifelsfrei herausgefunden, dass es sich bei dem Blut an der Probe um menschliches Blut handelte."

„Haben Sie den Angeklagten mit dieser Tatsache konfrontiert?"

„Ja, Sir."

„Wie hat der Angeklagte auf diesen Vorwurf reagiert?"

„Er war sehr aufgebracht, Sir."

„Was geschah nach dem ersten Verhör in der Kennington Road, Chef-Inspektor?

„Mister Mahon wurde danach in mein Büro im Yard gebracht, Sir."

„Wie ging es dort weiter?"

„Ich begann mit dem Hauptverhör."

„Wie verlief das Verhör?"

„Von einem echten Verhör konnte keine Rede sein, Sir. Der Angeklagte schwieg beharrlich. Erst Stunden später legte er ein umfassendes Geständnis ab."

„Wann war das Verhör zu Ende?

„Gegen halb drei Uhr am Samstag, den 3. Mai, Sir."

„Wer war bei diesem Geständnis zugegen?"

„Mister Mahon, mein Assistent Inspektor Hall und ich, Sir."

„Inspektor Hall hat das Protokoll geschrieben, nicht wahr?"

„Ja, Sir."

„Der Vollständigkeit halber frage ich Sie, ob der Angeklagte sämtliche Seiten des Protokolls in Ruhe lesen konnte?"

„Ja, Sir, Mister Mahon las sich sämtliche Seiten in Ruhe durch."

„Durfte der Angeklagte auch Korrekturen machen?"

„Ja, Sir. Es gab keinerlei Korrekturwünsche vom Angeklagten."

„Unterschrieb der Angeklagte danach jede Seite, Chef-Inspektor?"

„Ja, Sir."

Der Staatsanwalt richtete sich auf und wandte sich an die Geschworenen.

„Danke, Chef-Inspektor."

Der Staatsanwalt blickte zufrieden in die angespannten Gesichter der Geschworenen und wandte sich an den Richter.

„Ich schlage eine kurze Unterbrechung der Verhandlung vor, Euer Ehren."

Richter Avory nickte.

„Haben Sie nach der Pause weitere Fragen an den Zeugen, Herr Staatsanwalt?"

„Ja, Euer Ehren."

„Gut, ich gebe Ihrem Vorschlag statt und unterbreche hiermit die Verhandlung."

Alle Anwesenden im Gerichtssaal waren mit der Entscheidung des Staatsanwalts und des Richters zufrieden, wenngleich sich niemand traute, es laut auszusprechen.

Vierzehntes Kapitel

Mittwoch, 16. Juli 1924; 15:00 Uhr
County Hall; Lewes; East Sussex; Südengland
Zweiter Verhandlungstag

Nach der Pause, die glücklicherweise ein wenig länger gedauert hatte, fuhr der Staatsanwalt mit der Befragung des Chef-Inspektors fort.

„Können Sie mir und den Geschworenen sagen, was der Angeklagte zum Tattag und zum Tathergang ausgesagt hat, Chef-Inspektor?"

„Das kann ich, Sir. Der Angeklagte sagte uns, dass der Streit bereits auf der Rückfahrt nach Eastbourne begonnen hätte und zwischen neun und zehn Uhr am Abend an Schärfe zugenommen hätte."

„Sagte er Ihnen, an welchem Tag sich der Streit zugetragen hatte?"

„Ja, Sir. Er nannte den 16. April."

„Er nannte Ihnen nicht den 15. April?"

„Nein, Sir."

„Erzählen Sie bitte weiter, Chef-Inspektor."

„Es sei am besagten Tag kurz vor elf Uhr abends zum Kampf gekommen und nach dem gemeinsamen Sturz sei er kopflos aus dem Haus gerannt und erst gegen Mitternacht wieder zurückgekehrt."

Bennett nickte.

„Sehr interessant… Das ist eine lange Abwesenheitszeit, oder?"

„Ja, Sir."

„Nun, wie auch immer. Was sagte Ihnen der Angeklagte über die Hintergründe dieses unheilbringenden Streits?"

„Er sagte uns, dass er an jenem Tag mit Miss Kaye ein paar Dinge verabredet hatte, die er in London alleine regeln sollte."

„Was sollte er in der Stadt regeln?"

„Er sollte sich einen Reisepass ausstellen lassen."

„Ließ er sich einen Ausweis ausstellen?"

„Nein, Sir. Er hatte sich nicht an die Abmachung gehalten und darüber seien er und Miss Kaye am Abend in Streit geraten."

„Am frühen Morgen des 3. Mai, fuhren Sie mit zwei ihrer Inspektoren nach Eastbourne. Hatten Sie die Schlüssel des Bungalows?"

„Ja, die Schlüssel hatten wir von Mister Mahon."

„In welchen Raum gingen Sie im Bungalow zuerst?"

„Wir gingen in das Gästezimmer, in dem sich nach Aussagen von Mister Mahon das Opfer befand."

„War der Raum verschlossen?"

„Ja, Sir."

„War der Raum gut verschlossen?"

„Ja, Sir, mit dem üblichen Türschloss und einem zusätzlichen Vorhängeschloss."

„Befanden sich die Schlüssel zum Raum ebenfalls am Schlüsselbund?"

„Ja, Sir."

„Was fanden Sie in diesem Schlafzimmer, Chef-Inspektor?"

Savage mochte sich nur ungerne an die Durchsuchung des Mordbungalows erinnern. Er antwortete daher nicht sofort auf die Frage des Staatsanwalts. Bennett bemerkte sein Zögern.

„Ich weiß, dass das, was Sie uns nun schildern werden, keine schöne Geschichte ist. Ihre Aussage ist für diesen Prozess jedoch von außerordentlicher Wichtigkeit... Bitte schildern Sie uns daher ausführlich, was Sie in dem Raum vorfanden, Chef-Inspektor?"

Savage gab sich einen Ruck.

„Im Raum roch es streng nach Verwesung und einem Desinfektionsmittel, Sir. Neben den üblichen Möbeln fanden wir einen großen Schrankkoffer mit den Initialen E.B.K., einen Seesack und eine große Hutschachtel aus braunem Leder – alle Sachen waren verschlossen."

„Danke, Chef-Inspektor. Ich habe eine andere Frage... Fanden Sie Spuren der Kohlenaxt aus dem Bungalow am Türrahmen des Wohnzimmers?"

„Äh, nicht direkt, Sir." antwortete Savage leicht verwirrt.

„Nicht direkt?"

„Nun, wir fanden am Türrahmen keine konkreten Spuren der Kohlenaxt aus dem Bungalow. Allerdings fanden wir frische Meißelspuren und kleine Farbspuren an der Tür zum Flur. So, als wäre dort etwas ausgebessert oder beseitigt worden."

„Es war also etwas ausgebessert worden... Hatte jemand dort vielleicht die Spuren der eingeschlagenen Kohlenaxt beseitigt?"

„Das ist möglich, Sir."

„Das ist möglich? Sind Sie sich dahingehend denn nicht sicher?", fragte Bennett erstaunt.

„Nein, Sir.", gab Savage unumwunden zu. „Es kann durchaus sein, dass die Spuren eines anderen Gegenstandes, einer Eisenstange vielleicht, beseitigt wurden."

„Fanden Sie denn eine Eisenstange im Bungalow?"

„Nein, Sir."

„Suchten Sie überhaupt nach einer Eisenstange?"

„Nein, Sir."

„Warum nicht, Chef-Inspektor?"

„Wir suchten nicht danach, weil uns Mister Mahons Aussage keinen Anlass gab, eine solche Suche durchzuführen, Sir."

„Fanden Sie eine Säge im Haus, Chef-Inspektor?"

„Ja, Sir, wir fanden eine Knochensäge."

„Die Untersuchung des Raumes und der Gegenstände wurde von Sir Doktor Spilsbury höchst persönlich durchgeführt. Wir werden seine Aussage in den nächsten Tagen hören. Ganz besonders wird die Geschworenen Doktor Spilsburys Aussage zum Kohleneimer interessieren. Ich möchte aber auch von Ihnen etwas über den Kohleneimer wissen. Fanden Sie im Haus einen eisernen Kohleneimer?"

„Ja, Sir, wir fanden einen eisernen Kohleneimer im Esszimmer."

Der Staatsanwalt ging zu seinem Platz und griff unter den Tisch. Er holte einen Kohleneimer hervor und hielt ihn wie einen Siegerpokal in die Höhe.

„Ist das der Eimer?"

„Ja, Sir."

„Waren die Beine des Eimers bereits beim Auffinden derart verbogen, wie wir das jetzt alle sehen können?"

„Ja, sie waren verbogen, Sir."

„Bitte sagen Sie den Geschworenen, ob Sie den Eimer als leicht oder eher als schwer in Erinnerung haben."

„Der Eimer war sehr leicht, Sir."

„Befanden sich Blutspuren am Eimer?"

„Ich sah keine Blutspuren. Doktor Spilsbury fand aber zwei sehr kleine Spritzer."

„Danke, Chef-Inspektor. Nach Ihrer Rückkehr aus Eastbourne am späten Sonntagabend, wollte der Angeklagte Sie plötzlich sprechen. Warum?"

„Mister Mahon wollte seine erste Aussage korrigieren, Sir."

„Bitte führen Sie das näher aus."

„Der Angeklagte sagte mir, er habe sich im Datum geirrt. Der Streit habe bereits am Dienstag, den 15. April stattgefunden."

„Am 15. April? Nicht am 16. April?"

„Ja, Sir. Mister Mahon gab an, er sei am 16. April nach London gefahren, um sich am Abend mit jemandem zu treffen."

„Sagte er Ihnen, mit wem er sich in London treffen wollte oder sogar getroffen hat?"

„Ja, er sagte mir, er habe sich in London mit einer gewissen Miss Ethel Duncan getroffen."

„Miss Duncan war seine Geliebte, richtig? Miss Duncan war seine zweite Geliebte neben Miss Kaye. Ist das richtig, Sir?"

„Ja, das ist richtig."

Die Menschen im Gerichtssaal schreckten bei dieser Aussage auf und begannen aufgeregt zu tuscheln.

„Was tat der Angeklagte nach dem Treffen mit Miss Duncan?"

„Er verließ Miss Duncan zwischen zehn und halb elf und ging alleine ins Grosvenor Hotel, um dort zu übernachten. Am nächsten Tag, am 17. April, fuhr er zurück nach Eastbourne."

„Am Montag, am 5. Mai, ließ der Angeklagte Sie erneut kommen. Was teilte er Ihnen diesmal mit?"

„Der Angeklagte erweiterte seine Aussage hinsichtlich seiner Beziehung zu Miss Kaye. Er schilderte mir, wie er Miss Kaye kennengelernt hatte und was am Tattag konkret geschehen war."

„Können Sie sich an den Wortlaut seines geänderten Geständnisses erinnern. Können Sie uns davon in Kenntnis setzen, Chef-Inspektor?"

„Das kann ich, Sir. Mister Mahon sagte aus, Miss Kaye vom Sehen gekannt zu haben. Er hatte geschäftlich mit ihr zu tun. Sie hatten oft am Telefon miteinander gesprochen. Miss Kaye hatte durch diese Telefonate auch die Ehefrau des Angeklagten kennengelernt. Misses Mahon arbeitete als Telefonistin in derselben Firma wie ihr Mann. Miss Kaye musste daher oft mit ihr sprechen, um ihn an den Hörer zu bekommen.

Ende August oder Anfang September trafen sich der Angeklagte und Miss Kaye in Staine's. Dort kamen sie sich näher. Kurz vor Weihnachten verlangte Miss Kaye vom Angeklagten, sie sollten sich öfter treffen. Der Angeklagte lehnte das ab und Miss Kaye bezeichnete ihn daraufhin als kühl und gefühllos. Zur gleichen Zeit schlug sie ihm spekulative Geldgeschäfte mit französischen Francs vor, auf die er einging. Er gab ihr etwas mehr als 100 Pfund."

„Er gab ihr etwas mehr als 100 Pfund? Von seinem Geld, Chef-Inspektor?"

„Ja, von seinem Geld."

„Was passierte dann?"

„Nach Weihnachten gab ihm Miss Kaye eine 100 Pfund Note. Diese Note löste er bei der Bank von England unter einem falschen Namen ein. Er gab Miss Kaye 30 oder 40 Pfund in 10 Pfund Noten zurück. Einige Zeit später gab sie ihm erneut eine

100 Pfund Note, die er erneut unter falschem Namen einlöste. Der Angeklagte bekam noch eine dritte 100 Pfund Note, die er erst nach ihrem Tod einlöste – ebenfalls unter falschem Namen."

„Liebte Miss Kaye den Angeklagten?"

„Das kann ich nur vermuten, Sir. Mister Mahon sagte zumindest aus, dass ihm Miss Kaye bei der Übergabe der dritten Note ihre große Liebe zu ihm offenbarte. Sie schlug vor, irgendwo einen Bungalow zu mieten. Dort wollte sie ihm zeigen, wie glücklich er mit ihr werden würde. "

„Wie reagierte der Angeklagte?"

„Mister Mahon sagte aus, dass er abgelehnt habe."

„Wie reagierte Miss Kaye darauf?"

„Miss Kaye reagierte darauf gar nicht, Sir."

Der Staatsanwalt war kurzzeitig verwirrt. Die Antwort des Chef-Inspektors hatte er nicht erwartet. Sie brachte ihn ein wenig aus dem Konzept.

„Wie bitte? Miss Kaye reagierte nicht drauf?"

„Mister Mahon sagte mir, dass Miss Kaye ihn zwar böse angefunkelt, jedoch nichts weiter dazu gesagt hätte… Kurz darauf bekam sie die Grippe, Sir. Miss Kaye kurierte ihre Krankheit in Bournemouth aus und kehrte dann nach London zurück, Sir."

„In meinen Unterlagen steht, dass Miss Kaye nach ihrer Rückkehr ihren Job und ihren Mietvertrag im Club kündigte, ohne Mister Mahon davon in Kenntnis gesetzt zu haben. Danach hätte sie weitere Pläne mit dem Angeklagten gemacht, denen dieser zugestimmt hätte. Ist das richtig, Chef-Inspektor?"

„Einspruch!"

Alle Anwesenden zuckten zusammen, als der Anwalt Mahons erstmalig in Erscheinung trat. Mister Cassels lautstarker Protest unterbrach die Aussage des Chef-Inspektors jäh.

Der Staatsanwalt legte die Stirn in Falten und Richter Avory ließ vor Schreck seinen Hammer fallen. Er blickte den Verteidiger böse an.

„Einspruch, Mister Cassels?", quakte er missmutig.

„Ja, Einspruch, euer Ehren. In meinen Unterlagen steht, dass der Angeklagte Miss Kayes Plänen nicht zugestimmt habe."

Richter Avory beugte sich über seine Unterlagen und suchte nach der entsprechenden Stelle in den Papieren.

„Mir liegt hier das Original vor, Mister Cassels.

Und in meinem Original steht, dass der Angeklagte den Plänen Miss Kayes zustimmte."

„Dieses Original liegt mir nicht vor, euer Ehren. In meiner Unterlage steht, dass er lediglich einem gewissen Liebesexperiment zugestimmt habe. Wenn Sie andere Unterlagen besitzen, muss ich annehmen, dass ich nicht auf dem Laufenden bin."

„Das ist Ihr Problem, Mister Cassels. Die Unterlagen sind allen Prozessbeteiligten zugegangen. Sie müssen Sie sich halt besser vorbereiten. Der Einspruch ist abgelehnt!"

Savage blickte verwirrt von einem zum anderen. Was ging hier vor? War die Aktenlage etwa unsauber? Er selbst wusste ebenfalls nichts von einer grundsätzlichen Zustimmung des Angeklagten hinsichtlich Miss Kayes Zukunftsplänen. Mister Cassels hatte also Recht mit seinem Einwand.

„Fahren Sie bitte fort, Chef-Inspektor.", sagte Bennett sanft.

„Der Angeklagte sagte aus, dass Miss Kaye Ende März eine Anzeige im *Telegraph* gefunden hätte. In der Nähe von Eastbourne wurde ein Haus zur Vermietung angeboten. Der Angeklagte rief die angegebene Nummer an und vereinbarte mit Mister Muir, einem Bekannten der Hausbesitzerin, ein Treffen. Er mietete den Bungalow für zwei Monate und zahlte die Miete von 3 ½ Guinee im Voraus. Er traf sich danach mit Miss Kaye zum Tee im Bay Hotel in Pevensey."

„Wie beschrieb der Angeklagte Ihnen gegenüber seinen damaligen seinen Gefühlszustand, Chef-Inspektor?"

„Der Angeklagte fühlte sich nach dem Anruf depressiv und schlecht. Er wollte nach seiner Aussage kein Liebes-Experiment mit Miss Kaye machen, aber er hatte ihr dahingehend sein Wort gegeben."

„Was geschah dann?"

„Am Freitag, den 11. April trafen sich der Angeklagte und Miss Kaye in Eastbourne. Der Angeklagte holte die Schlüssel von Mister Muir und informierte seine Frau, dass er am Samstag kurz nach Richmond kommen würde. Am Abend des 12. April zog er mit Miss Kaye im Bungalow ein."

„Am 15. April fuhren der Angeklagte und Miss Kaye gemeinsam nach London. Was geschah dort?"

„Am Dienstag fuhren beide nach London. Mister Mahon sollte dort für die bevorstehende Reise nach Südafrika…"

„Die beiden wollten nach Südafrika?", brach es aus Bennett hervor.

„Nein, Sir. Der Vorschlag kam nach Aussagen von Mister Mahon ausschließlich von Miss Kaye. Der Angeklagte sollte sich in London einen Reisepass beschaffen, tat dies jedoch nicht. Auf der Rückfahrt aus London und im Bungalow kam es genau darüber zum Streit, in dessen Verlauf Miss Kaye zu Tode kam."

„Was tat Miss Kaye am besagten Abend?"

„Miss Kaye las in einem Reiseführer und schrieb zwei Briefe."

„An wen schrieb Miss Kaye die Briefe?"

„Das konnte Mister Mahon uns nicht sagen. Er wusste von Miss Kaye nur, dass sie in diesen Briefen ihre beabsichtigte Ausreise nach Südafrika ankündigte. Er selbst sollte einen Brief an den Vorsitzenden seines Bowlingvereins schreiben, dessen Sekretär er war. Mister Mahon lehnte diese Aufforderung ab."

„Wie reagierte Miss Kaye auf die Ablehnung des Angeklagten?"

„Sie wurde wütend. Miss Kaye schlug auf Mister Mahon ein und warf nach seinen Aussagen eine Axt nach ihm. Es kam zu einem wilden Gerangel und Miss Kaye stürzte schließlich mit dem Hinterkopf auf einen eisernen Kohleneimer, der vor dem Kamin stand. "

„Wie reagierte der Angeklagte nach dem Sturz?"

„Der Angeklagte gab an, vor Aufregung und Luftmangel kurz ohnmächtig geworden zu sein. Als er wieder zu sich kam, lag Miss Kaye regungslos vor ihm. Sie blutete und war seiner Meinung nach tot."

„Holte er Hilfe herbei?"

„Nein, Sir. Der Angeklagte rannte in Panik aus dem Haus und kam erst weit nach Mitternacht zurück. Miss Kaye lag noch immer vor dem Kamin. Sie war tot."

„Vielen Dank, Chef-Inspektor. Wenden wir uns nun dem unappetitlichen Rest zu. Was fanden Sie am 3. Mai noch im Bungalow in den Crumbles, Sir?"

Savage beschrieb noch einmal seinen Besuch im Haus und berichtete ausführlich von den Funden. Einige Zuschauer verließen im Verlauf seiner Aussage fluchtartig den Gerichtssaal.

„Eine Sache interessiert mich abschließend noch, Chef-Inspektor. Was hatte es mit einem ominösen Verlobungsring auf sich, den Miss Kaye angeblich bei einem Aufenthalt in Southhampton gekauft hatte? Ich fand diesen Punkt in den Akten. Was wissen Sie darüber? Kannte der Angeklagte diesen Ring?"

„Mister Mahon berichtete uns von diesem Ring. Er wusste, dass Miss Kaye einen Ring gekauft hatte. Den Namen des Juweliers kannte er jedoch nicht."

Danke, Chef-Inspektor!... Ich habe keine weiteren Fragen an den Zeugen, euer Ehren."

Richter Avory nickte.

„Danke, Herr Staatsanwalt. Ich habe eine Frage an Sie, werter Chef-Inspektor… Als der Angeklagte in der Kennigton Road Ihnen gegenüber seine erste Aussage machte, wussten Sie da bereits von dem schlimmen Verbrechen an Miss Kaye?"

„Nein, euer Ehren. Ich hatte zu jenem Zeitpunkt keine Ahnung, ob überhaupt ein Verbrechen vorlag. Alles wäre zu diesem Zeitpunkt möglich gewesen. Allein Mister Mahon klärte mich über das Verbrechen auf."

Fünfzehntes Kapitel

Mittwoch, 16. Juli 1924; 16:00 Uhr
County Hall; Lewes; East Sussex; Südengland
Zweiter Verhandlungstag

Cassels hatte ebenfalls weitere Fragen an den Chef-Inspektor. Er stand auf und ging bedächtig auf den Zeugenstand zu. Savage atmete tief durch und versuchte, seine müden Glieder mit ein paar Lockerungsübungen wieder geschmeidig zu machen.

„Können Sie mir sagen, wo Sie den eisernen Kohleneimer genau gefunden haben, Chef-Inspektor?"

„Wir fanden den Kohleneimer im Esszimmer."

„Im Esszimmer? Nicht im Wohnzimmer?"

„Nein, im Esszimmer, Sir."

Cassels nahm, wie zuvor der Staatsanwalt, den Kohleneimer in die Hand.

„Ist das hier derselbe Eimer, den Sie im Bungalow gefunden haben?"

„Ja, das ist der Eimer."

„Ist dieser Eimer in demselben Zustand, in dem Sie ihn im Bungalow gefunden haben?"

„Ja, Sir."

„Es gibt keinen Unterschied?"

„Nein, Sir."

„Die Beine waren verbogen?"

„Ja, sie waren verbogen, Sir."

„Sehen Sie den Kohlenstaub im Eimer?"

„Ja, den sehe ich."

„Der Kohlenstaub befindet sich über einer Zeitung, die im Eimer liegt. Die Zeitung trägt ein Datum. Können Sie uns das Datum nennen, Sir?"

„Gerne, Sir.", sagte Savage. „Die Zeitung trägt das Datum vom 23. Mai 1924."

„Richtig! Können Sie mir erklären, wie Kohlenstaub auf eine Zeitung vom 23. Mai dieses Jahres kommt, wenn sich das Beweisstück doch seit seinem Auffinden am 3. Mai im Besitz der Polizei und somit eigentlich nicht mehr in Benutzung befindet, Chef-Inspektor?"

Savage bekam einen roten Kopf.

„Nein, Sir, das kann ich nicht."

„Könnte der Eimer zum Zeitpunkt des Auffindens vielleicht in einem anderen Zustand gewesen sein? Wurde das Beweismittel womöglich verändert? Ist das am Ende vielleicht gar nicht der Eimer aus dem Bungalow?"

„Nun, der Eimer wurde…", stammelte Savage unsicher.

„Ja oder nein, Chef-Inspektor?"

„Nein, Sir."

„Das ist also der Eimer?"

„Ja, Sir."

„Ich finde das alles sehr seltsam. Sie nicht auch?"

„Ja, Sir."

„Der Eimer ist sehr leicht, oder?"

„Ja, Sir."

„Die Beine sind hohl und verbogen und ein Bein ist sogar völlig verdreht. Können Sie das bestätigen, Chef-Inspektor?"

„Ja, Sir."

„Befanden sich Blutspuren am Eimer?"

„Ich habe keine gesehen. Der Gerichtsmediziner hat…"

„Ja, ich weiß, Chef-Inspektor!", unterbrach Cassels Savage energisch. „Sie haben aber keine Blutspritzer gesehen?"

„Nein, Sir."

„An welcher Stelle hat der Gerichtsmediziner die Blutspritzer gefunden? Zeigen Sie mir die Stelle bitte"

„Ich glaube, es war dort.", sagte Savage und zeigte auf eine Stelle am Eimer.

„Sie glauben es?"

„Ja, Sir."

„Genau unter dieser Stelle, auf die Sie zeigen, befindet sich das völlig verdrehte Bein. Der Eimer wurde anscheinend viel benutzt. Er ist leicht und seine Beine sind hohl, verbogen und verdreht. Dennoch soll der Eimer in der Lage sein, das Gewicht von schwerer Kohle zu tragen und den Tod einer jungen Frau herbeizuführen?"

„So ist es wohl, Sir."

„Das behaupten Sie, Chef-Inspektor… Sie sagten vorhin, dass Sie im Haus keine Spuren gefunden hätten, die auf einen Einschlag einer Kohlenaxt hindeuten, ist das richtig?"

„Ja, Sir."

„Aber Sie haben andere Werkzeugspuren gefunden, richtig?

„Wir fanden Meißelspuren, Sir."

„Wo?"

„Im Türrahmen der Wohnzimmertür."

„Meißelspuren, aber keine Axtspuren?"

„Ja, Meißelspuren."

„Danke! Ich habe keine weiteren Fragen an den Zeugen, euer Ehren."

Mister Cassels blickte Savage durchdringend an und Savage lief es dabei eiskalt den Rücken hinunter. Was hatte Cassels mit seinen merkwürdigen Fragen bezweckt? Wusste der Anwalt etwas, was ihm bislang verborgen geblieben war? War der Tod von Miss Kaye am Ende doch nur ein dummer Unfall gewesen?

Wenn es so war, warum sprach der Anwalt die Unschuldsvermutung dann nicht laut aus? Worauf wartete Cassels? Was wollte er mit seinem Schweigen erreichen? Hoffte er darauf, dass die Geschworenen seine angedeuteten Hinweise auf Mahons mögliche Unschuld verstehen würden?

Sollten die Geschworenen zwischen den Zeilen lesen und hören können? Wenn dem so war, spielte Cassels mit dem Feuer und somit mit dem Leben seines Mandanten. Savage verstand in diesem Augenblick die Welt nicht mehr.

*

Nach dem Chef-Inspektor wurden bis zum späten Abend weitere Zeugen aufgerufen:

Sergeant Thomas Frew bestätigte ausführlich die Aussagen seines Chefs und Inspektor William McBride legte seine brillanten Fotos vom Tatort vor. Er erklärte jedes darauf abgebildete Detail, woraufhin sich kaum jemand im Publikum ein Gähnen verkneifen konnte.

Superintendent David Sinclair, von der Polizei in East Sussex, erläuterte danach noch einmal mehr als ausführlich, was die Ermittler im Bungalow vorgefunden hatten und sein Mitarbeiter Constable William Holden beschrieb die absolut nicht spannende Suche nach den Teilen der Kohlenaxt.

Wesentlich interessanter wurde es, als am frühen Abend Misses Elizabeth Beilby Harrison, die Schwester von Miss Kaye, in den Zeugenstand gerufen wurde.

„Wie ist Ihr Name und wo wohnen Sie?", fragte Bennett die Zeugin.

„Mein Name ist Elisabeth Beilby Harrison. Ich wohne in der Nähe von Manchester. Ich wohne in der Albert Road in East Hall, Cheshire."

„Das Opfer war Ihre Schwester? Ist das richtig?"

Misses Harrison schluchzte laut und theatralisch auf.

„Ja, Sir…"

„Können Sie uns das Alter Ihrer Schwester sagen?"

„Ja, Sir. Emily wurde am 26. November 1885 in Manchester geboren."

„Sie war zum Zeitpunkt ihres Todes also 38 ½ Jahre alt, richtig?"

„Ja, Sir."

„Haben Sie eine Erklärung dafür, warum sie sich gegenüber dem Angeklagten um zehn Jahre jünger machte, wie wir der Aussage des Angeklagten entnehmen können?"

„Nein, Sir, dafür habe ich keine Erklärung."

„Wie verlief das Leben Ihrer Schwester in jüngeren Jahren?"

„Unsere Eltern starben, als wir 17 Jahre alt waren. Emily wurde Stenotypistin und arbeitete als Schreiberin und Sekretärin."

„War Ihnen bekannt, wo sich Ihre Schwester im April aufhielt, Misses Harrison? Wussten Sie, dass sich ihre Schwester seit dem 7. April in Eastbourne befand?"

Misses Harrison schüttelte traurig den Kopf.

„Ich ging davon aus, dass sich Emily in London befand. Sie schrieb mir am 5. April nämlich einen Brief und auf dem Umschlag stand die Anschrift vom Green Cross Club in London."

„Was schrieb Ihnen Ihre Schwester in dem Brief, Misses Harrison?"

„Sie schrieb mir, dass sie einen Mann namens Pat kennengelernt hätte und mit ihm innerhalb der nächsten zehn Tage ins Ausland gehen wollte"

„Wohin genau?"

„Nach Südafrika."

„Schrieb sie Ihnen noch mehr?"

„Ja, Sir. Sie schrieb weiterhin, dass sie den Mann dort heiraten wollte. Sie gab mir auch den vollständigen Namen des Mannes, den sie dort heiraten wollte."

„Lautete der Name Patrick Herbert Mahon?"

„Nein, Sir, der Name lautete Derek Patterson."

Ein Raunen ging durch den Saal. Viele Menschen fragten sich, ob Miss Kaye, neben dem Angeklagten, einen weiteren Geliebten gehabt oder ob sie Ihrer Schwester einfach nur einen falschen Namen genannt hatte? Warum hatte Miss Kaye, wie auch Mister Mahon, einen falschen Namen für den Angeklagten benutzt? Was sollte das?

Bennett ignorierte das Getuschel und fuhr unbeirrt fort.

„Welches Temperament hatte Ihre Schwester?"

„Emily war ruhig und ausgeglichen. Sie brauste niemals auf, Sir."

„Danke, Misses Harrison.", sagte Bennett und blickte zu Richter Avory. „Ich habe keine Fragen mehr an die Zeugin."

Avory nickte und deutete auf Cassels.

„Weitere Fragen?"

Cassels straffte sich.

„Ja, natürlich, euer Ehren."

„Dann los.", gab Richter Avory prompt zurück.

Cassels ging zum Zeugenstand und lächelte die Zeugin freundlich an.

„Ihnen war nicht bekannt, dass sich ihre Schwester seit dem 7. April in Eastbourne befand und Sie wussten auch nicht, dass sich Ihre Schwester danach in Pevensey Bay aufhielt?"

„Nein, Sir."

„Sie wollen damit also sagen, dass Ihre Schwester nur sieben Meilen von Ihrem gemeinsamen Cousin entfernt lebte, der in Hailsham wohnt?"

„Ja, Sir."

„Und Sie wussten tatsächlich nichts davon?", bohrte Cassels sanft weiter.

„Ich wusste nichts davon."

„Ihre Schwester hat sich nicht bei Ihrem Cousin gemeldet, obwohl sie so dicht bei ihm war?"

„Nein, Sir, davon weiß ich nichts."

„Ist es möglich, dass Mister Mahon Ihren Cousin kannte?"

„Das weiß ich nicht, Sir."

„Was macht Ihr Cousin beruflich?"

„Er ist Schlachter, Sir."

„Danke, Misses Harrison, ich habe keine weiteren Fragen an Sie."

*

Nach Misses Harrison wurde Miss Ada Constance Smith, die Sekretärin des Green Cross Clubs in der Guilford Street, befragt. Sie berichtete, dass Emily Kaye vom 1. Mai 1923 bis zum 7. April 1924 im Club gewohnt habe. Sie beschrieb Miss Kaye, wie bereits Misses Harrison zuvor, als ausgeglichene und ruhige Person.

Bennetts Frage ob sie Miss Kaye am 15. April noch einmal gesehen habe, verneinte sie.

Ihr folgte Mister George Bell Muir, dessen Aussage von großem Interesse war.

„Gehört Ihnen der Bungalow, Sir?", fragte Bennett den Mann.

„Nein, Sir. Das Haus gehört Misses Hutchinson, einer Freundin meiner Frau."

„Sie haben das Haus im Auftrag von Misses Hutchinson vermietet?"

„Ja, Sir. Ich gab eine Anzeige im *Telegraph* auf und ein Mann meldete sich bei mir."

„Ist dieser Mann im Saal, Sir?"

„Ja, Sir.", sagte Muir und zeigte auf Mahon, der still und kerzengerade auf der Anklagebank saß. „Dort sitzt der Mann, der sich bei mir meldete."

„Nannte er Ihnen seinen richtigen Namen, Sir? Gab er sich Ihnen gegenüber als Mister Mahon aus?"

„Nein, er nannte sich Waller, Sir."

„Danke, Mister Muir… Gab es eine Kohlenaxt im Bungalow?", fragte Bennett und zeigte auf das zerbrochene Beweisstück.

„Ja, eine solche Axt gab es im Haus."

Nach Mister Muir wurde Mister Frederick Charles Stoner, ein Angestellter von Staine's Küchenutensilien aufgerufen. Mister Stoner legte die Kopie einer Rechnung vor, die das Datum des 12. April trug, und mit der eindeutig der Kauf eines Kochmessers, einer Knochensäge und eines Messerreinigers nachgewiesen werden konnte. Mister Stoner identifizierte Mahon ebenfalls.

Dann folgte Mister Montague Gordon Miller, ein Verkäufer aus dem Juweliergeschäft von William Crambrook in Southhampton, der bestätigte, dass er am 12. März einen Ring verkauft hatte. Er erkannte den Ring sofort, den Miss Kaye überall herumgezeigt hatte. Miller konnte sich allerdings nicht mehr daran erinnern, ob der Kunde eine Frau oder ein Mann gewesen war.

Zum Ende des zweiten Prozesstages wurden außerdem noch Hotelangestellte und Taxifahrer befragt.

Mister William Stanley Hammett aus dem South Western Hotel in Southhampton bestätigte, dass am 27. März ein Ehepaar namens P. H. Mahon bei ihnen gewohnt hatte und Miss Susan Luckhart, ein Zimmermädchen aus dem Kenilworth Court Hotel erkannte Miss Kaye auf einer Fotografie wieder und Identifizierte auch Mahon als ehemaligen Gast des Hotels.

Mister Francis Clarence Frederick Bambridge, ein Taxifahrer aus Pevensey Bay, berichtete, dass er am 11. April zum Bungalow in den Crumbles gerufen wurde. Dort habe er einen männlichen Fahrgast aufgenommen und ihn um viertel vor vier Uhr am Nachmittag zum Bahnhof nach Eastbourne gefahren. Das Gleiche wiederholte sich auch um viertel vor sechs Uhr am Abend des 27. April. An diesem Tag habe sein Fahrgast eine braune Reisetasche bei sich getragen. Mister Bambridge identifizierte Mahon eindeutig als diesen männlichen Fahrgast.

Mister Reginald Stanley Marley, ein Taxifahrer aus Eastbourne, wusste zu berichten, dass er am 12. April zwischen sechs und sieben Uhr abends einen Mann und eine Frau zum Bungalow in den Crumbles gefahren hatte.

Ein weiterer Taxifahrer namens William George Bambridge, der Bruder von Frederick Bambridge, sagte danach aus, dass er Mister Mahon und Miss Kaye am 12. April gegen viertel nach sieben am Abend ins Sussex Hotel nach Eastbourne gefahren habe und etwa fünf Minuten später wieder zurück in die Crumbles.

Am 17. April sei ihm Mahon gegen neun Uhr am Abend auf der Straße in der Nähe des Bungalows begegnet und habe sich von ihm zum Clifton Hotel in Eastburne fahren lassen. Am 20. April habe er Mahon erneut gefahren; diesmal in Begleitung mit einer anderen Frau. Am 26. April sei Mahon dann am Nachmittag gegen ein Uhr erneut sein Fahrgast gewesen. Diesmal sei die Fahrt ins Bay Hotel nach Pevensey Bay gegangen und um sieben Uhr am Abend vom Bungalow aus zum Bahnhof in Eastbourne.

Mister Henry George Boniface, ein Angestellter der Gepäckaufbewahrung in Eastbourne, sagte aus, dass er am 12. April einem Mann drei Gepäckstücke ausgehändigt habe. Der Mann hätte einen Arm in einer Schlinge getragen.

Mister Frank Ernest Francis, ein Schlachter, belieferte den Bungalow am 12. April gegen halb sieben am Abend mit Waren. Dabei habe er eine Frau am Fenster stehen sehen.

Misses Florence Amy Gertrude Tate, die im Bungalow nebenan wohnte, wusste darüber zu berichten, dass sich Miss Kaye am frühen Morgen des 13. April Milch bei ihr geborgt hatte, die sie noch am selben Abend zurück gebracht habe.

Mister Samuel Durrant belieferte den Bungalow gegen elf Uhr am Vormittag mit Waren. Mister Mahon nahm die Sachen entgegen und begleitete ihn beim Hinausgehen bis zur Eingangstür.

Mister Cecil James Bambridge, ein weiterer Bruder des Bambridge-Taxiunternehmens, gab an, Mahon am 16. April gegen viertel nach drei Uhr am Nachmittag zur Post in Bexhill gefahren zu haben und von dort zum Bahnhof in Eastbourne.

Sein Fahrgast habe den Zug nach London um halb fünf Uhr erreichen wollen. Am 26. April habe er Mahon von der Pevensey Bay Garage zum Bungalow und von dort am 27. April gegen ein Uhr am Nachmittag zum Royal Hotel nach Eastbourne und von dort wiederum nach einer Stunde zurück zum Bungalow gefahren.

Der zweite Prozesstag war nach der Aussage von Mister Bambridge endlich zu Ende und Savage stolperte todmüde in sein Hotel.

Sechzehntes Kapitel

Donnerstag, 17. Juli 1924; 09:00 Uhr
County Hall; Lewes; East Sussex; Südengland
Dritter Verhandlungstag

Der dritte Tag stand ebenfalls ganz im Zeichen der Anklage. Savage hatte sich ein weiches Sitzkissen besorgt. Gerade hatte er sich damit in der ersten Reihe mehr oder weniger bequem gemacht, als der Staatsanwalt ohne lange Vorreden einen gewissen Mister Walter Alfred Bennett, Manager des Clifton Hotels in Eastbourne, in den Zeugenstand rief.

„Sie sind nicht mit mir verwandt, Mister Bennett, oder?", fragte der Staatsanwalt lachend, als der Manager auf dem Zeugenstuhl Platz genommen hatte.

„Äh, nein, Sir.", gab der Zeuge verwirrt zurück, während das Publikum leise über die Namensgleichheit kicherte. „Wir sind nicht verwandt und nicht verschwägert, Sir."

„Gut, dann kann ich Sie sorglos befragen, Mister Bennett... Hatten Sie am 17. April 1924 einen Gast in Ihrem Hotel."

„Ja, Sir. Am 17. April hatten wir einen Gast, der sich unter dem Namen J. Waller aus Bristol bei uns anmeldete, Sir."

„Sie hatten keinen Patrick Henry Mahon in Ihrem Hotel?"

„Nein, Sir."

„Ich habe keine weiteren Fragen.", sagte der Staatsanwalt lächelnd und auch Cassels winkte auf die übliche Frage des Richters hin dankend ab. Savage hoffte, dass es mit den Befragungen genauso weiterginge.

Nach Mister Bennett nahm jedoch Miss Ethel Duncan auf dem Zeugenstuhl Platz, und Savage war sich schlagartig darüber im Klaren, dass er alle Hoffnungen auf einen schnellen Verhandlungstag sausen lassen konnte.

Die Zuschauer rückten nervös auf ihren Sitzplätzen hin und her. Jeder wollte einen Blick auf die Frau werfen, die mit dem Angeklagten ein paar lauschige Stunden neben der Leiche von Emily Kaye verbracht hatte. Miss Duncan war dieses Interesse an ihrer Person sichtlich unangenehm. Sie wirkte fahrig und nervös.

Savage bemerkte, dass Miss Duncan auf dem Weg in den Zeugenstand angestrengt versuchte, auf keinen Fall in Richtung des Angeklagten zu blicken. Während ihrer Vereidigung schluchzte sie ununterbrochen leise vor sich hin.

Die Fragen von Bennett prasselten vom ersten Augenblick nur so auf die verängstigte Frau herein und Savage hatte das unangenehme Gefühl, als müsse sich Miss Duncan wegen der grausamen Tat vor Gericht verantworten.

Nur mit Mühe fand sie die richtigen Worte, mit denen sie verständlich beschreiben konnte, wo und wie sie Mahon an einem regnerischen Tag im April kennengelernt hatte.

Als der Staatsanwalt Miss Duncan energisch aufforderte, Mahon zu identifizieren, mit dem sie das Wochenende im Haus in den Crumbles verbracht hatte, brach sie fast zusammen.

„Oh, bitte nicht!"

Bennetts Stimme donnerte ungehalten durch den Saal.

„Wir haben nicht den ganzen Tag Zeit, Miss Duncan. Hier findet ein Mordprozess statt und keine Schmierenkomödie. Bitte identifizieren Sie den Angeklagten!"

Mahon schaute offen zur Zeugenbank. Er schaute der Zeugin geradewegs in die Augen und als sich ihre Blicke trafen, brach es aus Miss Duncan heraus.

„Ja, das ist er!"

„Erkennen Sie den Angeklagten? Ist das Patrick Herbert Mahon? Ist das der Mann, mit dem Sie das Osterwochenende in den Crumbles verbracht haben?"

„Ja, Sir, das ist er!"

„Danke, Miss Duncan. Erzählen Sie uns nun von dem Wochenende."

Stockend berichtete Miss Duncan von dem Osterwochenende im Bungalow. Als sie ihren ausführlichen, aber belanglosen, Bericht endlich beendete, nickte Bennett ihr ungewöhnlich freundlich zu. Savage ahnte, was nun folgen würde.

„Danke für Ihre Ausführungen, Miss Duncan."

„Bitte, Sir.", sagte Miss Duncan schniefend.

„Miss Duncan?"

„Ja, Sir?"

„Was mich die ganze Zeit über bewegt und was die Geschworenen sicher ebenso brennend interessiert wie mich, ist die Frage, ob Sie an jenem Wochenende im Bungalow nicht vielleicht doch etwas Seltsames bemerkt haben?"

„Nein, Sir, mir ist nichts Verdächtiges aufgefallen."

„Das sagten Sie bereits mehrfach. Ihnen ist tatsächlich nichts aufgefallen? Kein beißender Gestank? Nichts?"

„Nein, Sir."

„Sie müssen sehr verliebt in den Angeklagten gewesen sein, oder?"

„Wie bitte?"

„Nun, als ich frisch verliebt war, habe ich das verbrannte Essen meiner Frau nicht gerochen, Miss Duncan. Erst später hat mich der bestialische Gestank eines verkohlten Steaks dazu gebracht, regelmäßig in meinem Club essen zu gehen."

Die Zuschauer brachen in heftiges Gelächter aus.

Richter Avory klopfte energisch mit seinem Hammer.

„Ruhe!", brüllte er und wandte sich an den Staatsanwalt. „Ich muss doch sehr bitten, Sir Bennett."

„Verzeihung, euer Ehren... Ich habe keine weiteren Fragen an die Zeugin."

Richter Avory nickte zufrieden.

„Gott sei Dank! Haben Sie Fragen an die Zeugin, Mister Cassels?"

„Ja, Sir."

Cassels stand auf und rückte seine Robe zurecht. Miss Duncan spielte nervös an den Knöpfen ihrer Bluse.

„Sie sagten der Polizei, Mister Mahon hätte Ihnen gegenüber seine Ehe als tragisch beschrieben. Ist das richtig?"

„Ja, das sagte er mir."

„Sind Sie sich ganz sicher, Miss Duncan?"

„Ja, Sir."

„Könnte es nicht vielmehr so gewesen sein, dass Mister Mahon Ihnen sagte, es habe eine Tragödie in seinem Leben gegeben?"

Miss Duncan hob nachdenklich die Augenbrauen. Für einen kurzen Moment wirkte sie noch unsicherer, als sie es ohnehin war.

„Nein, Sir. Für mich klang es danach, als sei er unglücklich verheiratet."

„Für Sie klang es so, als sei er lediglich unglücklich verheiratet... Nun, Mister Mahons Frau war in der Tat krank und stand kurz davor, sich einer Operation zu unterziehen. War dies nicht vielleicht die Tragik in seiner Ehe, von der er eigentlich sprach?"

„Für mich klang es danach, als sei er unglücklich verheiratet, Sir."

„Wenn ich Sie also recht verstehe, schlussfolgerten Sie aus seinen Worten eine unglückliche Ehe und machten sich Hoffnungen auf eine Beziehung mit ihm. Mister Mahon sagte Ihnen wirklich ein gar nichts von einem tragischen Ereignis, das Sie auch anders hätten deuten können?"

„Nein, Sir."

„Danke, Miss Duncan."

„Bitte, Sir.", gab Miss Duncan leise zurück.

„Miss Duncan?"

„Ja, Sir?"

„Was mich interessiert… Sahen Sie irgendwelche Blutspuren im Haus?"

„Nein! Mir ist überhaupt nichts aufgefallen."

„Ja, das habe ich mir gedacht, Miss Duncan… Aber vielleicht haben Sie an Mister Mahon eine Verletzung bemerkt?"

„Ja, Sir.", gab Miss Duncan prompt zurück. „Das habe ich bemerkt."

„Oh, wie schön für uns… Welcher Art war diese Verletzung, Miss Duncan?"

„Er hatte einen Bluterguss, Sir."

„Der Angeklagte hatte einen Bluterguss? Wann haben Sie die Verletzung bemerkt?"

„Am Sonntagmorgen, Sir… Da waren vier Flecken…"

„Wo befanden sich die blauen Flecken, Miss Duncan?"

„Auf seiner Schulter. Ich weiß aber nicht mehr, an welcher Schulter, Sir."

„Ah, schon wieder ein Gedächtnisverlust… Hatte der Angeklagte noch eine andere Verletzung, Miss Duncan?"

„Ja, er hatte sich an der Hand verletzt. Sie war bandagiert."

„Wissen Sie zufällig noch, welche Hand von Mister Mahon bandagiert war?"

„Es war die rechte Hand, Sir."

„Oh! Sind Sie sich sicher? War es nicht die linke Hand?"

„Ich… nein, es war die rechte Hand, Sir."

„Danke, Miss Duncan… Ich habe keine weiteren Fragen an die Zeugin, euer Ehren."

Die Verhandlung wurde unterbrochen und die Reporter strömten nach draußen, um die Aussage von Miss Ethel Duncan nach London zu kabeln.

Siebzehntes Kapitel

Donnerstag, 17. Juli 1924; 13:00 Uhr
County Hall; Lewes; East Sussex; Südengland
Dritter Verhandlungstag

Am frühen Nachmittag hielten Savage und die Zuschauer im großen Gerichtssaal von Lewes den Atem an. Sogar die Zeitungsreporter stellten vorübergehend das Mitschreiben ein. Sie wagten es nicht, die weihevolle Stille im Saal mit ihren kratzenden Bleistiften zu stören.

Richter Avory starrte gebannt auf den großen Mann, der nach seinem Aufruf zielstrebig zur Zeugenbank schritt. Staatsanwalt Bennett würdigte den Zeugen dagegen keines Blickes und ordnete bedächtig seine Akten. Mahons Anwalt war wie erstarrt und sah aus wie eine Figur aus Madame Tussauds Wachsfigurenkabinett in der Londoner Marylebone Road.

Nur der Angeklagte selbst, schien nicht von der Aufregung im Saal erfasst worden zu sein. Mister Mahon nickte Doktor Spilsbury sogar unmerklich zu, als dieser die Anklagebank passierte und kurz zu ihm hinschaute.

Nachdem sich der Doktor gesetzt hatte, begann Bennett sofort mit seinen Fragen.

„Haben Sie am 3. Mai den Bungalow in den Crumbles untersucht, Sir Bernard?"

„Sagen Sie Doktor Spilsbury zu mir, Sir… Alles andere sollten wir uns für einen Nachmittagstee im Königshaus aufheben.", gab Spilsbury augenzwinkernd zur Antwort.

„Äh, wenn Sie es wünschen…"

„Danke, Sir… Ja, ich habe am 3. Mai den Bungalow in den Crumbles untersucht, Sir."

„Wären Sie so liebenswürdig, uns zu beschreiben, was Sie im Bungalow vorfanden, Doktor?"

Spilsbury nickte. Er sprach laut und deutlich. Seine sachlich nüchternen Worte drangen gut vernehmlich bis in die hinterste Ecke des großen Saales.

„In einer Truhe fand ich vier große Stücke eines menschlichen Körpers. Darunter befand sich ein großes Teil eines linken Schulterblatts, auf der ich einen sichtbaren Bluterguss bemerkte."

„Miss Kaye hatte einen Bluterguss auf der Schulter?"

„Ja, auf dem linken Schulterblatt."

„Können Sie uns näheres zu dieser Verletzung sagen, Doktor? Vielleicht können Sie uns etwas zum Zeitpunkt der Entstehung sagen?"

„Ich kann es gerne versuchen."

„Versuchen Sie es bitte."

„Aufgrund seiner deutlichen Sichtbarkeit könnte der Bluterguss dem Opfer entweder kurz vor dem Tod durch einen schweren Schlag auf das Schulterblatt zugefügt worden sein oder bereits Stunden vor dem Tod… In diesem Fall hätte ein wesentlich leichterer Schlag genügt."

„Ist dieser Unterschied aus Ihrer Sicht von Bedeutung, Sir?"

„Nun, für das tote Opfer ist dieser Unterschied letztlich nicht mehr ganz so wichtig, Sir. Für den Angeklagten kann dieser Unterschied unter Umständen jedoch lebenswichtig sein."

„Bitte erklären Sie uns das, Doktor."

„Gerne.", sagte Spilsbury und man sah ihm an, dass er es auch so meinte. „Ein sichtbarer Bluterguss kann sich nur prämortal, also vor dem Tod, entwickeln. Nach dem Tod ist das nicht mehr möglich. Wo kein Blut mehr gepumpt wird, kann sich auch kein Blut mehr bewegen.

Damit ein Bluterguss so deutlich sichtbar werden kann, muss das Opfer vor dem Tod einen gewaltigen Schlag abbekommen haben. Hätte der Bluterguss hingegen etwas länger Zeit gehabt, sich zu entwickeln, hätte auch ein leichter Schlag zu dem gleichen Ergebnis führen können."

„Wenn ich Sie richtig verstehe, muss das Opfer in beiden Fällen nach der Gewalteinwirkung auf das Schulterblatt also noch gelebt haben, richtig?"

„Ja, aber in einem Fall lebte es noch eine längere Zeit nach der Gewalteinwirkung, da wesentlich weniger Gewalt angewendet wurde. Im anderen Fall lebte das Opfer nach der Gewalteinwirkung nur noch wenige Augenblicke."

„Wie lange lebte das Opfer denn womöglich noch, wenn es einen leichteren Schlag abbekommen hatte?"

„Vielleicht eine Stunde oder etwas mehr, Sir... Mister Mahon war eine Zeit lang nicht im Bungalow, Sir."

„Was wollen Sie damit andeuten, Doktor?"

„Ich deute damit gar nichts an, Sir. Ich lege dem Gericht lediglich die Fakten dar."

„Schön... Wie uns hinlänglich bekannt ist, haben Sie Körperteile gefunden. Was können Sie uns zu diesen Körperteilen sagen, Doktor?"

„In einer großen Truhe befanden sich verschiedene Körperteile. Keines dieser Teile war in irgendeiner Form gekocht oder verbrannt worden. Alle Teile ergaben zusammengesetzt den Körper einer jungen Frau, die sich in einem frühen Schwangerschaftsstadium befand, wie ich bei der Untersuchung der Brüste feststellte. Es gab keine Beweise eines unnatürlichen Todes."

Bennett verschlug es die Sprache. Er schnappte wie ein Weihnachtskarpfen erstaunt nach Luft und auch im Gerichtssaal setzte erneut Gemurmel ein.

„Kein unnatürlicher Tod? Miss Kaye soll keines unnatürlichen Todes gestorben sein? Ich bitte Sie, Doktor!"

„Das habe ich nicht behauptet, Sir. Miss Kaye ist nachweislich tot und zerstückelt. Ich kann Ihnen aber definitiv nicht mit Bestimmtheit sagen, ob sie in jener Nacht eines natürlichen oder unnatürlichen Todes gestorben ist. Dazu fehlen mir bis zum heutigen Tag wichtige Teile ihres Körpers, Sir."

„Um Himmels Willen, Doktor! Was können Sie uns denn mit Bestimmtheit sagen?", fragte Bennett aufgebracht.

„Nun, ich kann Ihnen sagen, wie sie mit Sicherheit nicht gestorben ist, Sir."

Der Staatsanwalt fing sich wieder.

„Wir wären Ihnen sehr verbunden, wenn Sie uns an Ihrem Wissen teilhaben ließen, Doktor."

„Gerne, Sir... Miss Kaye ist ganz sicher nicht durch einen Sturz auf den Kohleneimer gestorben, Sir.", gab Spilsbury ungerührt zur Antwort.

Der Staatsanwalt stöhnte laut auf.

„Das wird ja immer schöner, Doktor Spilsbury. Wollen Sie sich lächerlich machen?"

„Nein, mich nicht, Sir...", sagte Spilsbury spitz.

„Wie bitte?"

„Ich habe lange mit einem abgetrennten Schafskopf experimentiert, Sir. Es ist aus meiner Sicht nicht wahrscheinlich, dass sich Miss Kaye die schweren Verletzungen, die zu ihrem Tod führten, durch einen Sturz auf den eisernen Kohleneimer zugezogen hat!"

Die Zuschauer fingen augenblicklich an zu reden und die Reporter rissen schreibwütig ihre Notizbücher hoch. Richter Avory erwachte jäh aus seiner Starre.

„Ruhe im Saal!", kreischte er mit piepsender Stimmer, was die Sache nicht wirklich besser machte. Erst nach drei Minuten konnte es mit der Befragung weitergehen.

Bennett schüttelte ungläubig den Kopf.

„Sie meinen, dass der Sturz auf den Kohleneimer nicht Miss Kayes sofortigen Tod zur Folge hatte?"

„Nicht einmal einen späteren Tod, Sir. Von einem möglichen Sturz auf den Kohleneimer wäre die junge Frau allenfalls ein wenig benommen gewesen. Miss Kaye war in außerordentlich guter Verfassung, Sir. Ein schwerer Schlag gegen den Nacken oder den Kopf hingegen, hätte wesentlich weitreichendere Folgen gehabt."

„Aha… Nun, ähm… Ich habe einstweilen keine weiteren Fragen, euer Ehren."

„Haben Sie Fragen, Mister Cassels?", fragte der Richter den Anwalt, der bereits aufgestanden war.

„Ja, euer Ehren.", antwortete Cassels zufrieden lächelnd.

„Sie sagten gerade, Doktor, dass der blaue Fleck bereits eine längere Zeit vor dem Tod von Miss Kaye entstanden sein könnte. Ist das richtig?"

„Ja, Sir."

„Oder mit einem Gewaltschlag kurz vor Ihrem Tod?"

„Ja, Sir."

„Der Kohleneimer war es Ihrer Meinung nach nicht?"

„Nein, auf keinen Fall."

„Miss Kaye könnte also tatsächlich mit dem Angeklagten gekämpft haben, wie er es ausgesagt hat?"

„Ja, das könnte sie."

„Dabei hat sie vielleicht einen leichten Schlag abbekommen, in dessen Folge sich ein Bluterguss gebildet hat. Schließlich stürzten beide im Kampf auf den Kohleneimer und Miss Kaye blieb verletzt, aber beileibe nicht tot, auf dem Boden liegen... Ist das möglich?"

„Ich spekuliere niemals, Mister Cassels."

„Ich verstehe, Doktor... Haben Sie im Bungalow irgendwelche Anzeichen dafür gefunden, dass Miss Kaye womöglich zu irgendeinem Zeitpunkt am Abend oder in der Nacht die Kehle durchgeschnitten wurde?"

„Nein, Sir."

„Wäre es denn möglich, dass Miss Kaye die Kehle durchgeschnitten wurde?"

„Sir..."

„Ich formuliere die Frage anders... Haben Sie Beweise gefunden, dass Miss Kaye die Kehle durchgeschnitten wurde?"

„Nein, ich habe keine Beweise gefunden, dass Miss Kaye die Kehle durchgeschnitten wurde. Am Tatort wies nichts auf eine solche Handlung hin. Es gab keine Blutspritzer, die auf ein solches Vorgehen hindeuteten."

„Gut, die Anwesenheit der wenigen Blutspritzer im Bungalow stehen also ausschließlich im Einklang mit einer Wunde, die sich Miss Kaye möglicherweise als Folge eines Sturzes zuzog?"

„Ja, Sir."

„Haben Sie Beweise gefunden, dass Miss Kaye mit einem stumpfen Gegenstand der Kopf eingeschlagen oder das Genick gebrochen wurde? Irgendwann nach dem Sturz auf den Kohleneimer, durch den sie ohnmächtig wurde?"

„Ich kann Ihnen auch das nicht sagen, Sir. Mir fehlen wichtige Körperteile des Opfers, um zu einer eindeutigen Aussage zu kommen, Sir."

„Sie sind aber definitiv der Meinung, dass Miss Kayes Tod nicht durch einen Sturz auf den Kohleneimer eintrat?"

„Ja, Sir."

„Danke, ich habe keine weiteren Fragen."

„Ich habe noch eine Frage!", rief Bennett laut. „Würden Sie den Schaft einer Kohlenaxt als stumpfen Gegenstand bezeichnen, Sir?"

„Ja, Sir."

„Danke, ich habe keine weiteren Fragen.", sagte Bennett und setzte sich

„Eine Eisenstange, eine Holzkeule oder eine gut gefüllte Damenhandtasche sind auch stumpfe Gegenstände, Sir Bennett.", legte Spilsbury, sehr zur Verwunderung aller Anwesenden, ungefragt nach und blitzte den Staatsanwalt schelmisch grinsend an.

„Danke, Doktor, das reicht.", fauchte Bennett. „Sie haben uns für heute einen großen Dienst erwiesen."

Doktor Spilsbury stand auf und verbeugte sich und verließ würdevoll den Zeugenstand. Als er an der Anklagebank vorbeiging, nickte er dem Angeklagten kurz zu. Mahon erwiderte den Gruß erneut und fast schien es, als sei ihm mit der Aussage des Doktors eine zentnerschwere Last von den Schultern genommen worden.

Achtzehntes Kapitel

Donnerstag, 17. Juli 1924; 18:00 Uhr
County Hall; Lewes; East Sussex; Südengland
Dritter Verhandlungstag

Endlich war die Verteidigung an der Reihe. Die lang erwartete Befragung von Patrick Herbert Mahon stand auf dem Programm und die Zuschauer starrten gebannt nach vorne. Die Gerichtszeichner spitzen ihre Bleistifte und die Reporter ließen ihre Finger knacken, bevor sie aus ihren Jackentaschen unbenutzte Notizbücher kramten, um genug Platz für die Aussagen des vermeintlichen Bungalow-Mörders zu haben.

Savage, der nach der langen Pause nur ungerne wieder in den Gerichtssaal zurückgekehrt war, und dem längst alle Knochen im Leib wehtaten, besah sich den Angeklagten eingehend von oben bis unten.

Mahon war sichtlich nervös. Immer wieder benutzte er ein Taschentuch, um sich den Schweiß von den Innenflächen seiner Hände zu wischen. Cassels stellte sich vor seinen Mandanten und begann mit der Befragung.

„Wie lernten Sie Miss Kaye kennen, Mister Mahon?", begann er mit einer harmlosen Eingangsfrage.

Mahon tupfte sich ein weiteres Mal die Innenfläche seiner Hände ab, bevor er mit leiser aber klarer Stimme antwortete.

„Wir kennen uns seit Juli letztes Jahr, Sir."

„Wo trafen Sie Miss Kaye zum ersten Mal?"

„Emily arbeitete in einem Unternehmen in der Copthall Avenue. Zuerst war sie dort Schreibkraft. Wir sahen uns dort ein paar Mal und redeten miteinander. Dann wurde sie Sekretärin bei einem der Direktoren. Wir blieben in Kontakt."

„Warum blieben Sie in Kontakt?"

„Wir mochten uns. Wir verstanden uns gut."

„Sie verliebten sich ineinander?"

„Ja, aber nicht sofort."

„Wann verliebten Sie sich ineinander, Mister Mahon?"

„Im August… Im Verlauf eines Ausflugs."

„Gegen Ende des letzten Jahres wurden Sie von Miss Kaye in ein Finanzgeschäft verwickelt?"

„Ja, Sir."

„Erzählen Sie uns bitte davon."

„Miss Kaye wollte unbedingt mit französischen Francs spekulieren und bat mich im Januar um Geld."

„Miss Kaye bat Sie um Geld, Mister Mahon?"

„Ja, Sir."

„Gaben Sie ihr Geld?"

„Ja, ich gab ihr 125 Pfund."

„Das ist viel Geld. War es Ihr Geld?"

„Ja, es war mein Geld, Sir."

„Was geschah mit dem Geld?"

„Sie wickelte das Geschäft ab und wir bekamen einen Gewinn ausgezahlt, den wir uns teilten."

„Wie ging es weiter?"

„Im Februar gab sie mir eine 100 Pfund Note und ich löste den Schein unter einem falschen Namen bei der Bank von England ein."

„Sie geben das offen zu?"

„Ja, Sir."

„Warum verwendeten Sie einen falschen Namen?"

„Mir war bei dieser Sache nicht wohl, Sir. Emily wollte aber unbedingt spekulieren, obwohl mir das nicht gefiel. Ich wollte später nicht damit in Verbindung gebracht werden."

„Wie meinen Sie das, wenn Sie sagen, Sie wollten später damit nicht in Verbindung gebracht werden?"

„Zum Zeitpunkt der Spekulationen gestand mir Miss Kaye ihre Liebe zu mir. Sie war sehr eifersüchtig auf meine Frau. Sie versuchte, einen Keil zwischen uns zu treiben. Ich befürchtete, Sie würde mich eines Tages mit diesen Transaktionen erpressen wollen. Ich verwendete daher einen falschen Namen, um mit der Spekulation nicht in Verbindung gebracht werden zu können."

Cassels nickte.

„Ich verstehe… Was geschah mit dem Gewinn aus diesem Geschäft?"

„Ich gab Miss Kaye 30 Pfund zurück. Sie gab mir im März eine zweite 100 Pfund Note. Ich löste auch diese Note bei der Bank von England ein."

„Lösten Sie diese Banknote erneut unter falschem Namen ein, Mister Mahon?"

„Ja, Sir."

„Was taten Sie mit dem Gewinn?"

„Ich gab Miss Kaye diesmal 40 Pfund zurück."

„Einen Teil behielten Sie immer für sich?"

„Ja, um meine eingesetzten 125 Pfund auszugleichen. So war es abgemacht gewesen."

„Sie bekamen von ihr noch eine dritte Banknote im Wert von 100 Pfund. Ist das richtig?"

„Ja, Sir."

„Was passierte mit dieser Note?"

„Auch diese Note löste ich unter falschem Namen bei der Bank von England ein."

„Wann gab Ihnen Miss Kaye diese dritte Banknote?"

„Am 14. April, Sir."

„Wann lösten Sie die Banknote ein?"

„Am 17. April."

„Was geschah mit dem Gewinn?"

„Den behielt ich, Sir."

„Warum behielten Sie den Gewinn?"

„Damit war mein Einsatz der 125 Pfund endlich ausgeglichen."

„Miss Kaye erkrankte im März an einer Grippe. Können Sie sich daran erinnern, Mister Mahon?"

Mahon nickte Cassels zu und wischte sich den Schweiß von den Händen.

„Ja, Miss Kaye fuhr nach Bournemouth, um sich dort zu kurieren. Sie schrieb mir von dort, dass ich ebenfalls kommen sollte. Ich konnte aber nicht

kommen, weil ich in Bournemouth Geschäfts-
freunde hatte, die mich hätten erkennen können.
Wir einigten uns darauf, uns in Southhampton zu
treffen."

„Miss Kaye trug einen neuen Ring, als Sie sie in
Southhampton trafen. Stimmt das?"

„Ja. Wir trafen uns im South-Western Hotel in
Southhampton und da sah ich den Ring an ihrer
Hand."

„Sie wohnten dort unter dem Namen Mister und
Misses Mahon?"

„Ja, Sir."

„Ist es richtig, dass Ihnen dort in Southhampton
Miss Kaye zum ersten Mal vorschlug, gemeinsam
ins Ausland zu gehen?"

„Ja, das ist richtig."

„Wie reagierten Sie auf diesen Vorschlag?"

„Ich war sofort dagegen, Sir."

„Wie reagierte Miss Kaye auf Ihre Ablehnung?"

„Sie beschimpfte mich. Miss Kaye beschimpfte
mich als kalt und gefühllos. Dann schlug sie vor,
mit mir für ein paar Wochen ein Liebesexperiment
zu machen."

„Ein Liebesexperiment, Mister Mahon?"

„Ja, Sir. Emily wollte mir zeigen, was für eine
unglaubliche Hausfrau und Geliebte sie sei. Ich
versuchte alles, um sie von dieser Idee abzubringen, aber da war nichts zu machen."

„Sie haben im April einen Bungalow gemietet.
Wann war das, Mister Mahon?"

„Emily fand eine Anzeige im *Telegraph*. Ich mietete den Bungalow Anfang April. Ich mietete das Haus von einem gewissen Mister Muir für die Zeit vom 11. April bis zum 6. Juni."

„Sie waren gegen das Liebesexperiment, wie Sie es nennen, aber sie mieteten dennoch das Haus in den Crumbles?"

„Ja, ich dachte, ich könnte damit zwei Fliegen mit einer Klappe erschlagen. Wenn ich mit Miss Kaye fertig wäre…"

Mahon stockte. Zu spät wurde ihm bewusst, was er soeben gesagt hatte.

„Sei meinen sicher wenn Sie mit dem Liebesexperiment fertig gewesen wären, oder?", fragte Cassles geistesgegenwärtig, um zu retten, was noch zu retten war.

„Ja, Sir, selbstverständlich!", sagte Mahon laut und deutlich.

„Als Sie im Bungalow eintrafen, machte Ihnen Miss Kaye ein unerwartetes Geständnis. Was sagte Sie zu Ihnen?"

Ein leises Raunen ging durch den Saal, denn alle wollten hören, was Mahon zur Schwangerschaft seiner Geliebten zu sagen hatte.

„Sie teilte mir mit, dass sie ihr Zimmer im Green Cross Club aufgegeben hätte."

Von Mahon kam kein Wort zur Schwangerschaft. Ein enttäuschtes Schnaufen erfüllte den Raum.

„Sie hatte aber nicht nur das getan, oder?"

„Nein, Sir. Sie hatte überall ihre Verlobung mit einem gewissen Mister Derek Patterson bekannt gegeben."

„Kannten Sie diesen Mann?"

„Ja, sehr gut sogar... Dieser Mann war ich, Sir."

„Schon wieder ein falscher Name, Mister Mahon. Sie waren tatsächlich dieser Derek Patterson?"

„Ja, Sir.", sagte Mahon und wurde plötzlich blass um die Nase. Er wankte, und der Schweiß trat ihm aus allen Poren aus.

Richter Avory sah es und klopfte mit seinem Holzhammer energisch auf den Richtertisch.

„Ich unterbreche die Verhandlung eigentlich nur ungerne, aber dem Angeklagten scheint es nicht gut zu gehen. Es ist auch bereits sehr spät. Ich schlage daher vor, die Befragung am morgigen Tag fortzusetzen. Sind Sie damit einverstanden, Mister Cassels."

Cassels nickte sofort zustimmend.

„Unbedingt, euer Ehren. Mein Mandant braucht dringend eine Pause."

„Gut. Und wie denken Sie darüber, Herr Staatsanwalt?"

„Sehr gerne, euer Ehren."

„Die Sitzung wird hiermit bis morgen vertagt."

Savage atmete erleichtert auf.

Neunzehntes Kapitel

Freitag, 18. Juli 1924; 09:00 Uhr
County Hall; Lewes; East Sussex; Südengland
Vierter Verhandlungstag

Der vierte Verhandlungstag begann, wie der dritte Tag aufgehört hatte; mit der Befragung des Angeklagten durch dessen Anwalt Mister Cassels.

Savage hatte sich wieder in die erste Reihe gesetzt und war gespannt auf die Fortführung der Befragung. Cassels begann unverzüglich, nachdem ihm Richter Avory das Wort erteilt hatte.

„Sie sagten uns gestern, dass Miss Kaye überall über eine Verlobung mit einem gewissen Mister Derek Patterson sprach. Ist das richtig?"

„Ja, Sir."

„Kannten Sie diesen Mann?"

„Dieser Mann war ich, Sir."

„Was taten Sie am 12. April?", fragte Cassels und wechselte unvermittelt das Thema

„Am 12. April ging ich in die Victoria Street und kaufte bei *Staine's* ein Kochmesser, eine Knochensäge, einen Messerreiniger und ein neues Schloss für die Eingangstür. Am frühen Nachmittag fuhr ich zurück nach Eastbourne."

„Sie kauften also am 12. April ein Kochmesser und eine Knochensäge. Warum, Mister Mahon?"

„Ich war mir nicht sicher, ob wir Messer im Bungalow hatten. Daher kaufte ich die beiden Sachen."

„Als Sie im Bungalow ankamen, war Ihr rechtes Handgelenk bandagiert. Es war doch das rechte Handgelenk, richtig?"

„Ja, Sir."

„Wie war es zu dieser Verletzung gekommen?"

„Ich hatte in London eine alte Frau aufgefangen, die aus einem Bus gefallen war. Das war am 10. April."

„Also eine gute Woche vor dem Vorfall, richtig?"

„Ja, Sir... Das haben viele Menschen gesehen, Sir."

„Davon ist auszugehen, Mister Mahon. London ist schließlich voll mit Menschen. Und ein paar davon könnten diesen Vorgang sicher bezeugen, wenn man sie danach gefragt hätte... Wie dem auch sei, Mister Mahon. Wie ging es mit Ihrem Liebesexperiment weiter?"

„Am 13. Und 14. April blieben wir im Bungalow und machten ausgiebige Spaziergänge am Strand. Am 15. April, am Dienstagmorgen, fuhren wir nach London und Emily gab dort Post auf."

„Ging es in den Briefen um Paris und um Südafrika, Mister Mahon?"

„Das weiß ich nicht, Sir. Ich habe diese Briefe nicht gelesen."

„Miss Kaye gab in London also Post auf?"

"Ja, Sir."

"Was wollten Sie in London erledigen, Mister Mahon?"

„Ich sollte mir auf Wunsch von Emily einen Pass für Südafrika besorgen."

„Sie wollten mit Miss Kaye nach Südafrika gehen?"

„Nein, Sir, das war allein Emilys Idee. Sie wollte zuerst mit mir nach Paris fahren und dann von dort aus nach Südafrika auswandern."

„Sie wollte nach Paris mit Ihnen?"

„Ja, Sir. Emily sprach sehr gut Französisch. Sie sprach die Sprache auch oft mit mir. Das machte ihr großen Spaß. Sie konnte sich beim Sprechen richtig austoben."

„Haben Sie einen Pass bekommen, Mister Mahon?"

„Ich habe mir keinen Pass ausstellen lassen, Sir."

„Sie haben sich keinen Pass ausstellen lassen?"

„Nein, Sir."

„Wie reagierte Miss Kaye darauf?"

„Wir stritten uns kurz im Zug und fuhren dann den größten Teil der Strecke nach Eastbourne schweigend zurück. Dort nahmen wir uns ein Taxi zum Haus."

„Stritten Sie sich im Bungalow weiter?"

„Ja, Sir. Ich sagte Emily, dass ich nicht mit ihr nach Paris und nach Südafrika gehen würde. Sie wurde sehr wütend. Emily schrie mich an, dass es doch so abgemacht gewesen wäre, und dass wir dort heiraten wollten."

„War die Heirat zwischen ihnen beiden tatsächlich abgemacht gewesen, Mister Mahon?"

„Nein, Sir. Ich gab ihr klar und deutlich zu verstehen, dass ich ein verheirateter Mann sei und mich keinesfalls von meiner Frau trennen würde."

„Akzeptierte Miss Kaye Ihre Entscheidung, Mister Mahon?"

„Nein, Sir. Sie nahm zwei Briefe vom Tisch, die sie erst wenige Minuten vorher geschrieben hatte, und hielt sie mir vor die Nase. Sie schrie mich an und sagte mir, dass sie bereits sämtliche Brücken hinter sich abgebrochen hätte."

„Was verlangte sie von Ihnen?"

„Sie sagte, sie wolle diese Angelegenheit in der Nacht ein für alle Mal mit mir regeln, Sir."

„Wie wollte sie die Angelegenheit regeln, Mister Mahon?"

„Das sagte sie mir nicht, Sir."

Savage wunderte sich sehr. Jetzt wäre aus seiner Sicht der richtige Zeitpunkt für weitere Ausführungen über Miss Kayes Erpressungsversuch gewesen, doch Mahon verlor kein Wort darüber, dass Miss Kaye ihn an jenem Abend mit seiner Vorbestrafung gedroht hatte.

Staatsanwalt Bennett hätte diesen Punkt ganz sicher nicht zu seinen Gunsten nutzen können, aber Cassels ganz bestimmt. Mahons Anwalt ging jedoch seltsamerweise nicht näher auf diesen Punkt ein.

Savage vermutete, dass Mahon und Cassels diese wichtige Information erst einmal zurückhielten, damit sich die Geschworenen nicht gegen den Mahon verschworen. Schließlich hätten Cassels und Mahon deutliche Worte hinsichtlich des Erpressungsversuchs von Miss Kaye und den Gründen für Mahons Vorstrafen zur Sprache bringen müssen, von denen bisher im Prozess ebenfalls kein Sterbenswort gesagt worden war.

Savage ging davon aus, dass Cassels dieses Ass, das durchaus als das Zünglein an der Waage bezeichnet werden konnte, zu einem späteren Zeitpunkt aus dem Ärmel zaubern würde. Schließlich war für Mahon mit dieser Aussage durchaus ein Mord im Affekt drin, was das Strafmaß erheblich reduzierte und vermutlich vor allem sein Leben schonte.

„Was war mit diesen beiden neuen Briefen, die Ihnen Miss Kaye entgegenhielt?"

„Sie wollte mich zwingen, die Briefe zu unterschreiben. Ich lehnte das ab. Ich wollte schlafen gehen und die Sache auf den nächsten Tag verschieben. Ich bemerkte aber, dass sie immer wütender wurde und versucht, Sie zu beruhigen."

„Wurde Miss Kaye ruhiger?"

„Nein, Sir. Es gelang mir nicht, sie zu beruhigen."

„Was passierte dann, Mister Mahon?"

„Sie brüllte mich an, dass es kein Morgen mehr für mich gäbe. Dann warf sie eine Kohlenaxt nach mir. Bevor ich reagieren konnte, erwischte mich der Kopf der Axt an der rechten Schulter. Die Axt prallte ab und traf mit dem Schaft den Türrahmen.

Die Axt zerbrach und fiel hinter mir krachend zu Boden.

Noch bevor ich mich sammeln konnte, stürmte Emily auf mich zu und schlug mir mit ganzer Kraft ins Gesicht. Sie umklammerte mit beiden Händen meinen Hals und ich bekam keine Luft mehr. Ich umklammerte verzweifelt ihre Handgelenke, doch es gelang mir nicht, ihren Griff zu lösen. Wir drehten uns keuchend und würgend im Kreis. Ich dachte, sie wollte mich umbringen. In meiner Panik griff ich nach Emilys Kehle.

Ich fühlte ihren Kehlkopf und drückte zu. Ich bekam endlich wieder Luft und schubste Emily von mir weg. Wir stolperten über einen Stuhl und gingen zu Boden. Ich stürzte auf sie. Emily prallte mit dem Hinterkopf auf den Kohleneimer und blieb liegen. Unter Emilys Kopf bildete sich eine dunkelrote Lache. Ich dachte, Sie sei tot."

„Was taten Sie dann, Mister Mahon?"

„Ich rannte aus dem Haus."

„Wie lange waren Sie fort?"

„Ein oder zwei Stunden, Sir."

„Ließen Sie die Eingangstür bei Ihrem Verlassen des Hauses offen?"

„Ich weiß es nicht. Ich schloss sie aber ganz sicher nicht mit dem Schlüssel ab. Dazu war ich zu sehr in Panik."

„Hätte man Sie und Miss Kaye vom Fenster aus sehen können, Mister Mahon?"

„Ich... Ich weiß nicht…", stotterte Mahon verwirrt.

„Hätte ein Dritter ihren Streit und den Ausgang des Streits von außen sehen können, Mister Mahon?"

„Wenn jemand direkt am Wohnzimmerfenster gestanden hätte, dann…"

„Ja oder nein, Mister Mahon?"

„Ja, Sir."

„Danke, Mister Mahon. Was taten Sie, als Sie zurückkamen?"

„Als ich zurückkam, zog ich Emily ins angrenzende Gästezimmer und deckte sie mit ihrem Mantel zu."

„War Miss Kaye tot, als Sie zurückkamen, Mister Mahon?"

„Ja, Sir.", sagte Mahon leise.

„Was passierte danach?"

„Am nächsten Morgen fuhr ich nach Eastbourne. Ich wusste nicht, was ich tun sollte. Mir war plötzlich in den Sinn gekommen, dass ich am Abend einen Termin in London hatte. Ich fuhr mit dem Zug in die Stadt und traf mich mit Miss Duncan. Ich dachte, das wäre das Beste für mich."

„Wie ging es weiter?"

„Als ich am Donnerstag zurückkam, fielen mir die beiden Briefe ins Auge. Ich schickte sie ab."

„Sie lasen die Briefe nicht?"

„Nein, Sir. Ich las die Briefe nicht. Ich war viel zu durcheinander.... Ich wollte… Ich hatte doch vor....", stotterte Mahon nervös.

„Sagen Sie uns frei heraus, was Sie vorhatten! Sie wollten den Körper von Miss Kaye zerteilen, richtig?"

„Ja, mit dem Kochmesser... Ich tat es aber nicht mehr am Donnerstag."

„Wann dann?"

„Am Karfreitag, Sir."

„Ich habe eine andere Frage, Mister Mahon. Wussten Sie von Miss Kayes Schwangerschaft?"

„Nein, Sir.", sagte Mahon prompt.

„Hatten Sie zu irgendeinem Zeitpunkt bis zum 15. April den Wunsch, Miss Kaye zu töten?"

„Nein, niemals! Zu keiner Zeit!", antwortete Mahon entschieden.

Zwanzigstes Kapitel

Freitag, 18. Juli 1924; 14:00 Uhr
County Hall; Lewes; East Sussex; Südengland
Vierter Verhandlungstag

Am frühen Nachmittag rief der Staatsanwalt noch einmal Doktor Spilsbury in den Zeugenstand. Bennett stolzierte wir ein Gockel auf den Doktor zu und hielt ihm ein langes Kochmesser unter die Nase.

„Hat der Angeklagte mit diesem Beweisstück das Fleisch der Toten zerteilt, Doktor Spilsbury?"

„Nein, Sir!", antwortete Spilsbury, ohne lange überlegen zu müssen.

Bennett erstarrte mitten in der Bewegung und ließ fast das Messer fallen.

„Wie bitte, Sir?"

„Der Angeklagte hat mit diesem Messer nicht das Fleisch der Toten zerteilt, Sir!", sagte Spilsbury ungerührt.

„Hat er nicht, Doktor?", hakte Bennett ungläubig nach

„Zumindest kein ungekochtes Fleisch, Sir."

„Kein ungekochtes… Aber er hat damit doch das Fleisch der Toten zerteilt, oder etwa nicht?"

„Das ist gut möglich, Sir."

„Sie sind sich nicht sicher, Doktor?"

„Ich habe das Messer untersucht und keinerlei Blut oder menschliche Fleischreste daran gefunden. Ich habe sogar die Zwischenräume am Schaft gewissenhaft untersucht. Auch dort waren keine Blutspuren oder ähnliches zu finden."

„Das überrascht uns alle sehr, Doktor."

„Mich nicht, Sir. Das Messer wurde gut gereinigt."

„Sie sagten eben, dass man mit diesem Messer kein ungekochtes Menschenfleisch zerteilen kann. Warum nicht, Doktor?"

„So groß das Messer auch ist, und so überteuert es in London zu haben ist, ist dieses Messer für ungekochtes Menschenfleisch einfach nicht scharf genug, Sir. Für eine solche Arbeit benötigt man ein wesentlich schärferes Messer."

„Oder eine Säge, Doktor?"

„Ja, entweder eine Säge oder ein echtes Schlachtermesser, Sir."

„Wurde für das Zerteilen der Leiche eine Säge, vielleicht sogar eine Knochensäge, verwendet?"

„Nein, Sir. Für das Zerteilen des Fleisches wurde keine Säge verwendet. Zumindest wiesen sämtliche Fleischreste, die ich untersucht habe, nur glatte Ränder auf. Bei der Verwendung einer Säge hätte es deutliche Ausfransungen gegeben.", sagte Spilsbury mit ausdrucksloser Miene.

Der Staatsanwalt wirkte plötzlich verunsichert.

„Aber… Zurück zum Messer… Sie haben doch etwas am Messer entdeckt, Doktor. Oder irre ich mich?"

„Sie irren sich ausnahmsweise nicht, Sir. Ich habe am Messer kleine Mengen Fettreste gefunden."

„Fettreste? Also doch!"

„Nein, Sir, denn diese Fettreste stammen maximal von sinnlosen Schnittversuchen. Mit diesem Messer kann man allenfalls einen fetten Sonntagsbraten schneiden, aber garantiert kein Menschenfleisch."

„Das können Sie mit Sicherheit ausschließen, Doktor?"

„Ganz sicher, Sir, denn Menschenfleisch ähnelt nur in gekochtem Zustand dem Fleisch von Tieren."

Bennett war sichtlich verunsichert, wagte aber dennoch einen neuen Vorstoß.

„Ein qualitativ hochwertiges Kochmesser wie dieses soll nicht in der Lage sein, die menschliche Haut zu durchschneiden? Menschliche Haut ist doch nicht dicker, als die von Tieren, oder doch?"

„Im Grunde nicht, Sir."

„Im Grunde nicht, Doktor?"

„Nun, an einigen Stellen ist sie dicker."

„Wo genau, Doktor?"

„Am Rumpf, Sir. Sie haben mit einem Kochmesser schon an sich keine Chance, Menschenfleisch zu schneiden. Am Rumpf schnippelt man aber endgültig sinnlos daran herum. Es würde nichts passieren, außer dass das Messer dabei immer stumpfer werden würde."

„Aber diese Art von Messer ist sehr scharf, Sir."

„Ja, für eine Zwiebel vielleicht oder für ein Stück Sonntagsbraten. Für mehr taugt es aber nicht."

„Mit diesem Messer könnte man also ganz sicher keinen glatten Schnitt durch die Haut machen?"

„Nein, Sir. Man kann mit diesem Messer keinen Menschen zerteilen. Sie kämen beispielsweise gar nicht durch ein Bein damit. Trotz der 25 Zentimeter langen Klinge, ist es viel zu kurz für einen vernünftigen Schnitt."

„Wurde im Bungalow ein geeignetes Messer gefunden?"

„Nein, Sir. Wenn es so wäre, hätten Sie es anstelle dieses Witzmessers in der Hand und könnten sich die Fragen sparen."

„Ähm… Und die Knochensäge? Könnte nicht doch diese Knochensäge benutzt worden sein?"

„Es wurde ganz sich diese Säge eingesetzt, Sir, aber eben nicht am Fleisch oder an der Haut."

„Danke, ich… Ich habe keine weiteren Fragen.", sagte der Staatsanwalt sichtlich angefressen. Es schien so, als hätte Bennett sich mit einer erneuten Befragung des Gerichtsmediziners keinen Gefallen getan.

Spilsbury nickte, stand auf und verbeugte sich kurz in Richtung des Richters. Dann verließ er erhobenen Hauptes den Gerichtssaal. Savage sah dem Doktor hinterher und kratzte sich am Kinn. Er konnte nicht sagen warum, aber er war sich mit einem Mal ziemlich sicher, bei seiner Ermittlungsarbeit irgendein wichtiges Detail übersehen zu haben, aber ein Messer war es ganz sicher nicht.

Einundzwanzigstes Kapitel

Samstag, 19. Juli 1924; 09:00 Uhr
County Hall; Lewes; East Sussex; Südengland
Fünfter Verhandlungstag

Sir Henry Curtis Bennett straffte sich und trat vor die Jury, um sein Abschlussplädoyer zu halten. Mit fester Stimme sprach er die Geschworenen an.

„Die Anklage ist sich sicher, dass das abscheuliche Verbrechen an Miss Emily Kaye durch Mister Patrick Henry Mahon vorsätzlich begangen wurde.

Der Angeklagte möchte uns allen weismachen, unter dem schlechten Einfluss von Miss Kaye gestanden zu haben, die ihn von seiner Frau trennen wollte. Wir haben im Verlauf der Verhandlung aber mehrfach gehört, dass Miss Kaye ein gutmütiges, ruhiges, stilles und nettes Mädchen war.

Ende 1923 befand sich Miss Kaye im Besitz von 700 Pfund. Zum Zeitpunkt ihres Todes waren davon nur noch 70 Pfund übrig. Wo ist das ganze Geld geblieben.

Der Angeklagte will uns weismachen, bei sämtlichen Spekulationen immer nur der Mittelsmann gewesen zu sein. Wie erklären Sie sich dann die Verwendung von falschen Namen?", fragte Bennett und machte eine seiner beliebten Kunstpausen. „Der Angeklagte sagt dazu, dass er befürchtete, eines Tages mit diesen Geschäften gegenüber seiner Frau von Miss Kaye erpresst zu werden.

Das ist gelogen!

Der Angeklagte verwendete auch bei anderen Gelegenheiten einen falschen Namen! Er machte das mehrmals in Hotels und sogar bei der Anmietung des Bungalows.

Bereits am 12. April kaufte er in London ein Messer und eine Säge. Warum? Ich will es Ihnen sagen. Er kaufte diese beiden Dinge, weil er den Mord an Miss Kaye längst geplant hatte.

Glauben Sie seine Geschichte hinsichtlich der zurückgewiesenen Auswanderungspläne oder glauben Sie eher, dass er Miss Kaye doch eine Reise nach Paris versprochen hatte und schließlich sogar eine Auswanderung nach Südafrika, woraufhin Miss Kaye sämtliche Brücken hinter sich abbrach?

Ein perfider Plan des Angeklagten, denn niemand hätte sich gewundert, wenn sich Miss Kaye später nie mehr gemeldet hätte. Was wäre passiert, wenn die Reisetasche des Angeklagten nicht durch Zufall aufgetaucht wäre? Was wäre geschehen, wenn Miss Kayes Körper nie wieder aufgetaucht wäre? Hätte nicht alle Welt geglaubt, Miss Kaye lebe glücklich und zufrieden irgendwo in Südafrika?

Glauben Sie wirklich, dass diese nette und ruhige Person über den Angeklagten bestimmen konnte?

Können Sie das tatsächlich glauben? Ich glaube es zumindest nicht!", sagte Bennett bestimmt und holte tief Luft. „Im Bungalow wurden zwei Briefe geschrieben. Mister Mahon behauptet, dass sie am Dienstag, den 15. April geschrieben wurden. Die Briefe tragen jedoch das Datum vom 14. April. Wären sie tatsächlich erst am Dienstagabend geschrieben worden, hätte sich Miss Kaye im Tag und beim Datum irren müssen. Für wie wahrscheinlich halten Sie einen doppelten Irrtum?

Andererseits: Ganz gleich, ob Miss Kaye bereits am 14. oder doch erst am 15. April getötet wurde. Eine Sache ist sicher... Am 15. April, und somit nach ihrem Tod, schickte der Angeklagte ein Telegramm nach London, um sich mit einer anderen Frau zu verabreden. Wie abscheulich, wie unmoralisch!

Der Angeklagte hat sogar bei der Beseitigung der Leiche geplant gehandelt. Die einzigen Stücke – der Kopf und der Nacken der Toten – fehlen bis heute. Sir Bernard Spilsbury kann aufgrund der fehlenden Teile die Todesursache bis heute nicht eindeutig bestimmen. Bedeutet das womöglich, dass die Spuren der Todesursache an diesen fehlenden Teilen zu finden sind? Starb Miss Kaye tatsächlich nicht bei einem unglücklichen Sturz auf einen Kohleneimer, sondern an massiver Gewalteinwirkung gegen ihren Kopf oder Nacken?

Vermutlich war es so, doch der Angeklagte will uns einen Unfall glaubhaft machen. Alles spricht für einen Mord. Es spricht sogar alles für einen kaltblütig geplanten Mord.

Die Anklage geht davon aus, dass Miss Kaye mit der Kohlenaxt erschlagen wurde. Sie starb tatsächlich nicht bei einem Aufprall auf einen Kohleneimer.

Sie wurde nach ihrem gewaltsamen Tod zerteilt und der Angeklagte traf sich nach seiner grausigen Arbeit mit einer anderen Frau in London. Er führte sie dort zum Essen aus und fuhr am Osterwochenende, das er gemeinsam mit dieser Frau im Mord-Bungalow verbrachte, seelenruhig zum Pferderennen nach Plumpton.

Es liegt nun an Ihnen zu entschieden, ob sie den Worten des Angeklagten glauben oder nicht."

*

Bennett setzte sich und Cassels stellte sich vor die Geschworenen.

„Bitte bedenken Sie, dass Sie mit Ihrer Entscheidung, ganz gleich wie sie auch ausfallen mag, über das Leben eines Menschen richten.", begann er mit leiser Stimme. „Miss Kaye war fast 39 Jahre alt und längst keine 29 Jahre mehr, wie sie dem Angeklagten gegenüber gesagt hatte. Sie löste irgendwann sämtliche Verbindungen ihres alten Lebens und gab sich in Southhampton als Misses Mahon aus.

Dort war es auch, wo sie von Ihrem eigenen Geld, ohne Wissen des Angeklagten, einen teuren

Verlobungsring kaufte, den sie jedem Menschen freudig vorführte.

Sie wusste, dass Mister Mahon verheiratet war und dennoch gab sie ihn nicht auf. Sie schrieb wirre Briefe an verschiedene Leute und plante eine Auswanderung nach Südafrika.

Sie schmiedete Heiratspläne und verschwieg ihm dennoch ihre Schwangerschaft. Sie nötigte ihn zu einem Liebesexperiment.

Lassen Sie es mich frei heraus sagen... Miss Kayes Verhalten kann nicht als normal angesehen werden.

Die Staatsanwaltschaft stellt meinen Mandanten als unmoralisch dar... Nun, man kann meinen Mandanten ganz sicher als einen Ehebrecher und somit als einen unmoralischen Menschen bezeichnen.

Bedenken Sie jedoch, dass in unserem Land unmoralisches Verhalten an sich nicht unter Strafe steht, meine Damen und Herren Geschworenen. Mein Mandant wird von der Anklage vorverurteilt und aufgrund seines unmoralischen Verhaltens unterstellt sie ihm, eiskalt und aus Habgier getötet zu haben. Warum hätte er das tun sollen?

Mister Mahon war seit den ersten Spekulationen längst im Besitz eines Großteils von Miss Kayes Vermögen, und das dazu noch mit ihrer Einwilligung. Miss Kaye spekulierte nämlich sehr gerne und ließ die Geschäfte vom Angeklagten ausführen. Wenn der Angeklagte also bereits längst hatte, was er angeblich von ihr wollte. Warum sollte er sie dann noch töten?

Tötete er Miss Kaye vielleicht aufgrund ihrer Schwangerschaft? Nein! Wie ich bereits ausführte, wusste Mister Mahon nichts von der Schwangerschaft seiner Geliebten. Auch dieses Motiv scheidet also aus.

Miss Kaye setzte meinen Mandanten seit dem Beginn der Affäre massiv unter Druck. Ist es daher nicht gut möglich, dass Mister Mahon Angst um sein Privatleben mit seiner Frau und seiner Tochter hatte? Ist es nicht gut möglich, dass er Angst hatte, seinen Beruf aufgrund einer wütenden Geliebten zu verlieren?

Die Antwort lautet eindeutig: Ja!

Ich zitiere die Worte des Dichters William Congrave:

Der Himmel kennt keinen Zorn, wenn Liebe sich in Hass verwandelt, und nicht der Zorn der Hölle gleicht dem Zorn einer verschmähten Frau.

Die genaue Todesursache kann nicht ermittelt werden. Alles ist reine Spekulation. Der Tod durch einen Sturz auf den Kohleneimer scheidet aus. Vielmehr muss ein heftiger Schlag auf den Kopf oder gegen den Nacken von Miss Kaye ausgegangen werden.

Möglicherweise war es so. Möglicherweise ist Miss Kaye tatsächlich einem heftigen Schlag zum Opfer gefallen. Mister Mahon bestreitet aber mit Nachdruck, einen solchen Schlag ausgeführt zu haben.

Es ist nunmehr an Ihnen zu entscheiden, ob es sich bei Mister Mahon um ein heimtückisches Monster handelt, wie ihn die Staatsanwaltschaft bezeichnet, oder ob der Tot von Miss Kaye durch einen unglücklichen Unfall oder etwas anderes herbeigeführt wurde.

Sie, die Geschworenen, haben nun die Wahl, Mister Mahon als Mörder und Menschenschlächter abzustempeln oder, wenn berechtigte Zweifel bestehen, ihn vom Vorwurf des Mordes in allen Punkten freizusprechen. Seien Sie einfach und ehrlich und fürchten Sie sich nicht."

Zweiundzwanzigstes Kapitel

Samstag, 19. Juli 1924; 10:00 Uhr
County Hall; Lewes; East Sussex; Südengland
Fünfter Verhandlungstag

Nach nur 45 Minuten Beratung kamen die Geschworenen zu einer einstimmigen Entscheidung. Richter Avory blickte die Geschworenen gespannt an, als sie den Gerichtssaal betraten Der Staatsanwalt starrte gebannt auf den Angeklagten, während Mister Mahon nur unbeweglich und mit versteinerter Miene dasaß und mit gesenktem Blick auf das Urteil der Geschworenen wartete. Mister Cassels schaute zu Richter Avory, als dieser mit sonorer Stimme endlich das unbehagliche Schweigen brach.

„Meine Damen und Herren Geschworenen. Sind Sie zu einem einstimmigen Urteil gekommen?"

„Ja, das sind wir.", sagte der Sprecher mit bebender Stimme

„Wie lautet das Urteil? Befinden Sie den Angeklagten, Patrick Herbert Mahon für schuldig oder nicht schuldig?"

„Schuldig des vorsätzlichen Mordes an Miss Emily Beilby Kaye!"

Ein erleichtertes Raunen ging durch den Gerichtssaal. Das Getuschel schwoll mehr und mehr an und erst als sich Richter Avory mit dem Hammer Gehör verschaffte, konnte es weitergehen.

„Erheben Sie sich, Angeklagter. Sie haben die Entscheidung der Geschworenen gehört. Sie werden des vorsätzlichen Mordes an Miss Emily Beilby Kaye für schuldig gesprochen. Sie haben das letzte Wort."

Mahon stand benommen auf.

„Nach dieser Ungerechtigkeit im Verlaufe des Prozesses kann ich nichts weiter sagen… Ich bin nicht des Mordes an Miss Kaye schuldig.", sagte er mit tränenerstickter Stimme.

Richter Avory schüttelte ärgerlich den Kopf und sorgte mit seiner Reaktion für einen Eklat.

„Ich kann keine Ungerechtigkeit erkennen, Mister Mahon. Die Geschworenen sind nach Vorlage sämtlicher Beweise zur einzig richtigen Schlussfolgerung in diesem Prozess gekommen.

Sie sind zu dieser logischen Schlussfolgerung gekommen, ohne einen bedeuteten Punkt aus Ihrem früheren Leben gewusst zu haben. Die Geschworenen wussten nicht, dass Sie bereits für ein ähnliches Verbrechen im Gefängnis waren."

Die versammelte Presse hielt schlagartig mit dem Schreiben inne.

„Die Geschworenen wussten nicht, dass Sie 1916 wegen eines Angriffs auf eine Frau, zu fünf Jahren Zuchthaus verurteilt wurden und sich erst seit drei Jahren wieder auf freiem Fuß befinden."

Erneut nahm die Geräuschkulisse zu. Diesmal tuschelten sogar die Geschworenen aufgeregt miteinander. Mahon sah die Reaktion der Geschworenen und wagte, zu protestieren. Cassels hielt ihn nicht zurück.

„Ich hatte den Tod von Emily nicht geplant! Das hatte ich nicht! Heißt es nicht, im Zweifel für den Angeklagten?"

Richter Avory winkte energisch ab.

„Ich persönlich bin mir vollkommen sicher, dass Sie den Tod von Emily Beilby Kaye bewusst geplant haben und dafür haben Sie Ihre gerechte Strafe erhalten.", gab er ungerührt zurück. „Patrick Herbert Mahon, für das grausame Verbrechen an Miss Kaye müssen Sie die Strafe erleiden, die durch das Gesetz auferlegt ist. Sie werden von diesem Ort in ein rechtmäßiges Gefängnis gebracht und von dort zu einer Richtstätte, wo Sie am Halse aufgehängt werden, bis der Tot eintritt. Ihr Körper wird danach innerhalb des Gefängnisses begraben, in dem Sie bis zu Ihrer Hinrichtung festgehalten wurden. Möge sich Gott Ihrer Seele erbarmen."

Es schlug mit dem Richterhammer auf den Tisch.

„Die Verhandlung ist beendet!"

Dreiundzwanzigstes Kapitel

Mittwoch, 3. September 1924; 07:30 Uhr
Gefängnis Wandsworth; London

Vor den Toren des düsteren Gefängnisses im Londoner Stadtbezirk Borough of Wandsworth versammelten sich am frühen Morgen tausende Schaulustige. Sie reisten aus allen Landesteilen mit dem Fahrrad, mit Mopeds, Autos, mit Bussen und mit der Bahn an. Jeder wollte dabei sein, denn die Hinrichtung von Patrick Herbert Mahon stand unmittelbar bevor.

Savage war als Beobachter nach Wandsworth beordert worden. Er verbrachte die Nacht Kette rauchend im Büro des Gefängnisdirektors, der sich kurz vor dem Morgengrauen nichts sehnlicher herbei wünschte, als das unabänderliche Ende des verurteilten Frauenmörders.

Mahon wurde nach einer unruhigen Nacht früh geweckt. Ihm wurde ein reichliches Frühstück angeboten, doch er aß nur sehr wenig. Der Kaplan der Anstalt besuchte ihn, und verließ die Zelle erst wieder nach einigen Minuten. Der Verurteilte zog den maßgeschneiderten Anzug an, den er auch während der Verhandlung getragen hatte.

Mahon betrat aufrechten Ganges, aber sichtlich nervös, den abgedunkelten Raum. Er sah sich blin-

193

zelnd um, denn seine Augen hatten sich noch nicht an das Halbdunkel gewöhnt. Als sein unruhiger Blick für den Bruchteil einer Sekunde auf Doktor Spilsbury fiel, der ebenfalls angereist war, schien sich augenblicklich seine innere Anspannung zu lösen.

Savage sah die Reaktion des Delinquenten. Diese ungewöhnliche Erleichterung kam ihm in Anbetracht der kurz bevorstehenden Hinrichtung sehr seltsam vor. Noch seltsamer erschien ihm jedoch die Reaktion des Doktors, der den Blick Mahons äußerst freundlich erwiderte.

Als sich Mahon dem Schafott näherte, warf er den Kopf in den Nacken. Er blickte nach oben und schaute weder nach links oder nach rechts. Vor dem Galgen blieb er kurz stehen. Er atmete tief durch und betrat dann zielstrebig das Podest.

Für Savage hatte es den Anschein, als hätte Mahon umfassende Kenntnisse über die bevorstehende Hinrichtungsprozedur.

Henker Pierrepoint, dem der Beruf vom Vater vererbt worden war und der nichts anderes kannte, legte ihm gekonnt das Seil um den Hals und postierte den Knoten gewissenhaft am richtigen Punkt im Nacken. Mahon stellte sich danach unverzüglich an die richtige Stelle auf der Klappe, die mit einem fast unsichtbaren Kreidekreuz markiert war. Dann wurde ihm eine Haube übergezogen.

Als der Henker wenige Sekunden später einen Hebel betätigte, der die Klappe unter Mahon öffnete, wusste Savage definitiv, dass Mahon über den Ablauf seiner Hinrichtung bestens informiert gewesen war.

Im gleichen Augenblick nämlich, als Pierrepoint den Hebel bewegte, sprang Mahon mit beiden Füßen in die Luft. Die Klappe sauste nach unten und er fiel mit unvorstellbarer Gewalt in das schwarze Loch zu seinen Füßen.

Als sich das Seil straffte, vernahm Savage ein kurzes, scharfes Knacken – Mahons Genick war gebrochen!

Beim Zurückpendeln krachte der Körper mit dem Rücken gegen die Kante der Plattform. Mit einem grauenhaften Geräusch brach dabei die Wirbelsäule entzwei.

Das brutale Verbrechen an Miss Emily Beilby Kaye, der schwangeren Geliebten Patrick Herbert Mahons, war mit dessen ebenso grausamen Tod in den Augen vieler Menschen gesühnt.

Spilsbury und Savage erhoben sich zeitgleich von ihren Plätzen. Sie setzten ihre Hüte auf und richteten die Kragen ihrer Mäntel. Savage Blick fiel noch einmal auf das Podest, unter dem gerade die Leiche Mahons zum Abtransport vorbereitet wurde. Er räusperte sich verlegen.

„Wir sind hier fertig. Begleiten Sie mich in die Stadt, Doktor?", fragte Savage mit belegter Stimme.

„Nein, Savage, ich habe noch eine Verabredung mit einem Toten."

Doktor Spilsburys Blick richtete sich vielsagend auf die Bare und den abgedeckten Toten, der in diesem Moment an ihnen vorbeigetragen wurde.

"Sie führen die Obduktion durch, Doktor?", fragte Savage erstaunt.

„Ja, Mahons Tod steht nunmehr im Dienste der Wissenschaft.", gab Spilsbury zurück und blickte Savage eindringlich an.

Savage gab sich einen Ruck.

„Wir haben den Richtigen gehängt, oder?"

„Den Richtigen gehängt, Savage?"

„Wir haben den Schuldigen seiner gerechten Strafe zugeführt, oder? Wir haben einen Mann für eine abscheuliche Tat bestraft, die dieser…"

„… Entweder nicht wie angenommen begangen hat, oder im schlimmsten Fall überhaupt nicht begangen hat, Savage!", beendete Spilsbury den Satz des Chef-Inspektors energisch.

„Halten Sie Mahon für unschuldig, Doktor?"

„Schuld… Unschuld… Ich halte das Urteil gegen Mahon auf jeden Fall für einen gewaltigen Justizirrtum, an dem ich selbst ein wenig Schuld bin."

„Das verstehe ich nicht.", sagte Savage ernst dreinblickend. „Das müssen Sie mir erklären."

„Richter Avory, der Staatsanwalt, die Geschworenen, die Zeugen und sogar Sie und ich… Im Grunde haben wir einen Mann nach bestem Wissen und Gewissen zum Tode verurteilt, dessen Schuld in der Verhandlung nicht eindeutig bewiesen werden konnte."

„Die Beweise waren eindeutig gegen Mahon, Doktor.", gab Savage entschieden zurück.

„Welche Beweise, Savage? Es sprachen nur Indizien gegen ihn. Wir alle wollten nur zu gerne an die Schuld des Angeklagten glauben. Für uns alle konnte am gewaltsamen Tod der schwangeren Miss Kaye nur ein einziger Mensch schuld sein: Der habgierige und nach außen gefühlskalt wirkende Schürzenjäger Patrick Herbert Mahon!"

„So ist es auch!", sagte Savage gereizt.

„Nein, Savage! Es gab zu keinem Zeitpunkt in der Verhandlung einen unumstößlichen Beweis für einen geplanten Mord durch Mister Mahon!"

Savage fingerte nervös eine Zigarette aus seinem Zigarettenetui, steckte sie sich benommen in den Mund und zündete sie an.

„Ich bin nahezu felsenfest davon überzeugt, dass nie zuvor ein gerechteres Todesurteil gefällt wurde, Doktor."

„Ist Ihnen nie der Gedanke gekommen, dass auch eine andere Lösung des Falls möglich ist?"

„Doch, schon... Zwischendurch hatte ich durchaus solche Gedanken, Doktor.", antwortete Savage ehrlich. „Ich hatte sogar Zweifel an meiner eigenen Ermittlungsarbeit."

„Wann kamen Ihnen diese Gedanken, Savage?"

„Immer bei Ihren Auftritten im Gerichtssaal und beim Abschlussplädoyer von Mahons Anwalt."

„Und?"

„Nun, ich…", antwortete Savage zögernd. „Im Grunde wurden im Prozess in der Tat viel zu viele Dinge unaufgeklärt gelassen, Doktor."

„Genau! Und nicht nur im Prozess, Savage, sondern tatsächlich auch bei Ihren Ermittlungen. Und weil das alles so schlampig war, ist Mister Cassels nach dem Urteil auch in die Berufung gegangen."

„Die Berufung war erfolglos, Doktor."

„Was zu erwarten war, Savage!"

„Die Berufung wurde abgelehnt, weil Cassels behauptete, dass bei der Verhandlung zu viele Frauen in der Jury gesessen hatten."

„Das war dumm von Cassels.", sagte Spilsbury ernst.

„Das war doch ein fadenscheiniges Argument, Doktor! Hätten mehr Männer in der Jury denn einen unvoreingenommeneren Standpunkt eingenommen?"

„Das ist nicht sicher, aber das ist im Grunde auch nicht der springende Punkt, Savage."

„Sondern?"

„Mister Cassels ist in der Berufungsverhandlung noch einmal auf die Situation kurz nach der Tat eingegangen.

„Ja, und?"

„Es war durchaus Mord, aber Mahon war nicht der Mörder!"

„Wie bitte? Er war nicht der Mörder?"

„Nein! Mister Cassels und ich haben auf diesen Umstand im Prozess immer wieder hingewiesen."

„Sie haben beide vor Gericht allenfalls Andeutungen gemacht, Doktor!"

„Ja, aber niemand hat uns richtig zugehört. Und alles wäre für uns einfacher gewesen, wenn Sie im Vorfeld umfassend ermittelt hätten!"

„Wie bitte? Ich…"

„Haben Sie bei Ihren Ermittlungen jemals Misses Mahon nach einem Alibi für die Mordnacht gefragt?"

„Äh, nein, Doktor."

„Warum nicht?"

„Es erschien mir nicht notwendig."

„Das erschien Ihnen nicht notwendig, Savage? Wie nachlässig von Ihnen!"

„Ähm…"

„Aber trösten Sie sich. Auch Richter Avory oder dem Staatsanwalt sahen es nicht als notwendig an, Misses Mahon im Prozess in den Zeugenstand zu rufen."

„Sie ist die Ehefrau des Angeklagten, Doktor! Sie hätte nicht gegen ihren Mann aussagen müssen. Sie hätte von diesem Recht Gebrauch gemacht."

„Sie wurde aber nie in die Situation gebracht, von ihrem Recht auf Aussageverweigerung Gebrauch machen zu müssen!", sagte Spilsbury aufgebracht. „Haben Sie sich niemals gefragt, Savage, was nach dem Streit und dem Sturz von Miss Kaye im Bungalow geschehen ist?"

„Mister Mahon hat ausgesagt, dass er den Bungalow verlassen hat und…"

„Und was, Savage?"

„Oh, mein Gott! Das ist es!", rief Savage erstaunt aus.

„Ja, das ist es, Savage! Mister Mahon hat freimütig zugegeben, dass er nach dem Sturz kurz ohnmächtig geworden sei. Als er wieder zu sich kam, lag Miss Kaye blutend und regungslos vor ihm... Miss Kaye war nach dem Sturz auf den Kohleneimer vielleicht bewusstlos, aber nicht tot. Mahon hat das nicht geprüft! Er ist einfach aus dem Haus gerannt und ein oder zwei Stunden draußen geblieben."

„Oh, verdammt!"

„Genau! Da der Kohleneimer zu weich ist, um eine tödliche Verletzung hervorzurufen, und bereits frühzeitig als Tatwaffe ausschied, ist die Anklage davon ausgegangen, dass Mister Mahon seine Geliebte mit der Kohlenaxt erschlagen hat. Alle haben das geglaubt, auch Sie!"

„Das war naheliegend, Doktor."

„So, war es das? Aber warum war es das? War es das, weil Sie eine zerbrochene Kohlenaxt im Bungalow fanden, und dazu eine verdächtige Spur am Türrahmen des Wohnzimmers?"

„Ja, Doktor."

„Haben Sie jemals daran gedacht, dass man eine Tatwaffe auch verschwinden lassen kann, Savage?"

„Ehrlich gesagt habe ich zu keinem Zeitpunkt daran gedacht, Doktor."

„Sehen Sie! Es könnte nämlich durchaus auch eine andere Waffe in Frage kommen, als eine Kohlenaxt."

„Denken Sie an eine Eisenstange, Doktor?"

„Genau daran denke ich, Savage. Von einer Eisenstange war im Prozess mehr als einmal die Rede, oder nicht?"

„Ja, das war es.", gab Savage kleinlaut zu.

„Ich hatte Sie kurz nach der Festnahme von Mahon gewarnt, nicht immer nur an das Naheliegende denken."

„Hm…", brummte Savage ertappt und Spilsbury nickte.

„Tja… Mister Mahon hat in seiner Panik nicht bemerkt, dass seine Geliebte noch lebte. Er ist einfach kopflos aus dem Haus gerannt und war für ein oder zwei Stunden lang nicht im Bungalow. Was wäre, wenn jemand am Fenster den Streit mit angehört und mit angesehen hätte?"

„Jetzt wird mir klar, warum Cassels seinen Mandanten im Prozess gefragt hat, ob man Mister Mahon und Miss Kaye vom Fenster aus hätte sehen können. Warum hat er sich im Gerichtssaal nicht klarer ausgedrückt und verstärkt auf diesen Umstand hingewiesen?"

„Vielleicht wollte Mister Mahon das nicht, Savage."

„Aber warum sollte Mahon das nicht gewollt haben, Doktor?"

„Denken Sie nach! Mister Mahon wollte seine Möglichkeiten aus einem wichtigen Grund nicht nutzen. Er wollte seine Möglichkeiten zwar nicht nutzen, aber er wollte durchaus einen kleinen Zweifel an seiner Schuld sähen…"

„Das ist gründlich schief gegangen, Doktor."

„Ja, das ist es leider… Haben Sie im Bungalow eigentlich nach blutigen Fingerabdrücken gesucht?"

„Äh, nein, warum?"

„Wie nachlässig von Ihnen, Savage… Was denken Sie, können zum Beispiel an einem Buch Fingerabdrücke festgestellt werden?"

„An einem Buch? Sie sind der Experte, Doktor. Sagen Sie es mir."

„Ja, man kann Fingerabdrücke feststellen!"

„Worauf wollen Sie hinaus, Doktor?"

„Haben Sie den Reiseführer von Miss Kaye gefunden?"

„Welchen Reiseführer?"

„Miss Kaye hat am Abend des 15. April in einem Reiseführer gelesen, Savage. Das hat Mister Mahon nachweislich ausgesagt."

„Da war kein Buch im Haus, Doktor."

„Haben Sie überhaupt nach einem Buch gesucht, Savage?"

„Nein, zu keinem Zeitpunkt."

„Das war schlecht, denn der besagte Reiseführer wurde, wie auch die wirkliche Tatwaffe, irgendwo in den Crumbles oder im Meer beseitigt, Savage. Der Mörder beziehungsweise die Mörderin hatte beides angefasst."

„Die Mörderin?", fragte Savage bass erstaunt.

„Oh, ja! Die eifersüchtige Misses Mahon zum Beispiel!"

„Wie bitte, Doktor?"

„Ja, Misses Mahon! Mister Mahon wollte im Prozess seine Möglichkeiten aus einem wichtigen Grund nicht nutzen. Jetzt haben Sie den Grund für sein seltsames Verhalten."

„Oh, nein!", seufzte Savage und schlug die Hände über dem Kopf zusammen.

„Doch! Mister Mahon fand nach seiner Rückkehr in den Bungalow möglicherweise eine Situation vor, die er so niemals erwartet hatte."

„Er traf dort seine Frau!"

„Ja! Und zwar kurz nachdem sie seine verletzte und ohnmächtige Geliebte möglicherweise mit einer Eisenstange erschlagen hatte! Sie hatte in seiner Abwesenheit, rasend vor Eifersucht, womöglich beendet, was beim Sturz nicht geschehen war. Sie tötete Miss Kaye und nicht er!"

Savage schloss die Augen und atmete tief durch.

„Verdammt! Mahon hätte seinen Kopf mit einer klaren Aussage retten können, Doktor!"

„Ja, er hätte vielleicht seinen Kopf retten können, Savage. Den Kopf seiner Frau hätte er jedoch an den Galgen gebracht. Er hinterging seine Frau zwar immer wieder, aber er liebte sie. Und er liebte seine Tochter. Die Kleine war, nach dem Tod seines Sohnes, sein einziges Kind. Haben Sie Kinder, Savage?

„Nein."

"Dann können Sie sich vielleicht nur schwer vorstellen, was es bedeutet, ein Kind zu verlieren. Sie wissen, dass Patrick Mahon einen Sohn hatte, den er niemals kennenlernen durfte. Der Kleine starb, als er im Gefängnis saß. Er hatte nur noch seine Tochter. Er war vorbestraft und für die Körperverletzung an Miss Kaye und die anschließende Beseitigung der Leiche wäre er für viele Jahre ins Gefängnis gegangen, vielleicht sogar lebenslang. Das wäre für ihn kein Problem gewesen, aber seine Frau wäre unterdessen am Galgen gelandet, und die Tochter wäre in ein Heim gekommen."

„Die Kleine hat jetzt auch nichts mehr von ihm, Doktor."

„Aber sie hat jetzt noch ihre Mutter, Savage."

„Eine Sache verstehe ich rückblickend absolut nicht, Doktor. Warum brachte uns Misses Mahon auf die Spur ihres Mannes?"

„Sie meinen die Sache mit dem Abholschein und der Waterloo Station?"

„Ja, Doktor. Der Mord wäre ohne dieses merkwürdige Verhalten vermutlich niemals ans Tageslicht gekommen."

„Ich weiß es nicht, Savage. Vielleicht wollte Mahon es so... Vielleicht wollte er an seiner toten Geliebten etwas gut machen. Vielleicht lenkte er daher von vorn herein den Verdacht auf sich."

„Mister Mahon hat uns also vom ersten Augenblick an in die Irre geführt."

„Ja, er hat uns allen gegeben, was wir von ihm erwartet haben."

„Ahnten Sie etwas, Doktor?"

„Erst im Verlauf des Prozesses."

„Warum schritten Sie vor Gericht nicht ein, Doktor?"

„Ich konnte im Prozess leider nur auf das antworten, was man mich fragte.", sagte Spilsbury mit einem seltsamen Augenzwinkern. „Und später wollte ich nicht mehr. Als ich Mahons Spiel durchschaute, machte ich mich kurzentschlossen zu seinem Komplizen."

„Sie hätten den Mann retten können. Jetzt ist Mahon tot... Er wurde vor wenigen Minuten gehängt."

„Mahon wollte nicht gerettet werden, Savage. Wenn die Geschworenen ihn aufgrund der Zweifel freigesprochen hätten, wäre er vielleicht für eine kurze Zeit in die Welt zurückgekehrt. Von sich aus, sah er jedoch keine Veranlassung für eine Rückkehr in sein altes Leben."

„Ich muss jetzt Misses Mahon verhaften, Doktor."

„Nein, das müssen Sie nicht, Savage! Der Mörder der Herzen ist gerichtet. Der Tod von Miss Kaye wurde somit zu aller Zufriedenheit gerecht. Die wahre Mörderin ist frei und muss nun den Rest ihres Lebens mit ihrer gewaltigen Schuld fertig werden."

„Das ist wahr, Doktor."

„Außerdem würde es ohnehin keinen neuen Prozess geben."

„Würde es nicht?", fragte Savage erstaunt.

„Nein, Staatsanwalt Bennett und Richter Avory sind derart von ihrer Unfehlbarkeit überzeugt, dass sie jeden Antrag auf eine Wiederaufnahme des Verfahrens ablehnen würden. Ihr gemeinsamer Wunschtäter wurde öffentlichkeitswirksam hingerichtet, der Bungalow wurde bereits abgerissen und die Beweislage gegen Misses Mahon ist, ohne eine Aussage ihres Ehemannes, so dünn und brüchig, wie eine dahinschmelzende Eisschicht auf der Themse in der Frühlingssonne."

„Und wie geht es jetzt weiter, Doktor?", fragte Savage leise.

„Ich werde Mahon obduzieren und aus den Untersuchungen neue Erkenntnisse gewinnen! Zudem wird Mahons Tod die schlampige Polizeiarbeit grundlegend verändern. Und für diese Verbesserung werden allein Sie mit Ihrem schlechten Gewissen sorgen, Savage."

„Ja, das werde ich wohl tun, Doktor."

„Das ist das Mindeste, was Sie und ich tun können. Das sind wir dem Mann schuldig, gegen den vor Gericht ausschließlich eine scheinheilige Moral sprach und für den es nur ein Urteil hätte geben dürfen: In dubio pro reo – Im Zweifel für den Angeklagten."

-Ende-

Hemsbach, im Juli 2016

Danksagung

Wenn ein Buch erscheint, steht immer der Autor im Vordergrund. Das ist nicht besonders fair, weil es immer vieler Menschen bedarf, die ein solches Werk überhaupt erst ermöglichen. Das war natürlich auch bei mir der Fall. Und die lieben Menschen, die mir während des Schreibens eine Hilfe gewesen sind, sollen hier nun besondere Erwähnung finden.

Zunächst richtet sich mein Dank an meine Leserinnen und Leser. Er gilt auch allen Freunden aus und in Nah und Fern, die mich vor ein paar Jahren in meinem Entschluss bestärkt haben, mit dem Schreiben anzufangen und die mich jetzt immer wieder zum Weitermachen animieren. Ohne euch würde es dieses Buch nicht geben.

Und selbstverständlich geht der Dank auch an meine Liebsten zuhause, an meine Frau und meinen Sohn, die mich in meinen intensiven Recherchier- und Schreibphasen vollkommen weggetreten in Ihrer Mitte ausgehalten haben. ☺

Vielen Dank an alle – ich weiß das sehr zu schätzen.